IQ《アイキュー》探偵《たんてい》ムー

勇者《ゆうしゃ》伝説《でんせつ》～冒険《ぼうけん》のはじまり

作《さく》◎深沢《ふかざわ》美潮《みしお》　画《が》◎山田《やまだ》J太《じぇいた》

ポプラ社

三人はベンチに仲良く座っていたが、お互い話もせず、
自分の持っている携帯ゲームに夢中だった。

大木も小林も元より先に始めているから、だいぶ先に進んでいる。

「あ！　そっか。ここの鍵、あっちにいたやつ倒せばいいのか！」

などと、ついうっかりネタバレをされてしまったりもするが、まぁそんなに気にならない。

というか、そんなこといちいち覚えてられないくらいに、こみいったゲームなのだ。

★登場人物紹介《とうじょうじんぶつしょうかい》●●●

杉下元《すぎしたげん》

小学五年生《しょうがくごねんせい》。好奇心旺盛《こうきしんおうせい》で、推理小説《すいりしょうせつ》や冒険《ぼうけん》ものが大好《だいす》きな少年《しょうねん》。なぞなぞが得意《とくい》。ただ、幽霊《ゆうれい》やお化《ば》けには弱《よわ》い。夢羽《むう》の隣《となり》の席《せき》。

茜崎夢羽《あかねざきむう》

小学五年生《しょうがくごねんせい》。ある春《はる》の日《ひ》に、元《げん》と瑠香《るか》のクラス五年一組《ごねんいちくみ》に転校《てんこう》してきた美少女《びしょうじょ》。頭《あたま》も良《よ》く常《つね》に冷静沈着《れいせいちんちゃく》で数々《かずかず》の事件《じけん》を解決《かいけつ》している。

大木登《おおきのぼる》

五年一組《ごねんいちくみ》の生徒《せいと》。
元《げん》と仲《なか》がよく食《く》いしん坊《ぼう》。

江口瑠香《えぐちるか》

小学五年生《しょうがくごねんせい》。元《げん》とは保育園《ほいくえん》の頃《ころ》からの幼《おさな》なじみの少女《しょうじょ》。気《き》が強《つよ》く活発《かっぱつ》で、正義感《せいぎかん》も強《つよ》い。オシャレが大好《だいす》き。

小林聖二《こばやしせいじ》

五年一組《ごねんいちくみ》の生徒《せいと》。
クラスで一番頭《いちばんあたま》がいい。

小日向徹《こひなたとおる》

五年一組《ごねんいちくみ》の担任《たんにん》。
あだ名《な》は「プー先生《せんせい》」。

守口秀生《もりぐちひでお》、光谷瑛里沙《みつやえりさ》 西条茉莉《さいじょうまり》、浜田瀬利奈《はまだせりな》

五年二組《ごねんにくみ》の生徒《せいと》。

杉下春江《すぎしたはるえ》、亜紀《あき》

元《げん》の母《はは》、妹《いもうと》。

目《もく》次《じ》

農業高校
桜坂公園
吉野湯
自動車工場
桜並木
並浪川
久美の家
楓陽館
営プール
咲間川
第二小
二中
喫茶ナイアガラ
警察署
国道
カムパネルラ商会
銀杏《いちょう》が丘《おか》市《し》
MAP

裏山
吉田の家
小林の家
五部林公園
島田の家
愛子が淵
和野戸神社
瑠香の家
夢羽の家
元の家
第一中
第一小
エリーゼ女子大
吾妻橋
寿万寺
あけぼの湯
N
トップスター
塾
ギンギン商店街
リンドン
バーガー
BURGER
薬局
コミュニティ
センター
寿湯
銀行
図書館
スーパー
サガトヤ
銀杏が丘
スイミングスクール
州子稲荷

勇者《ゆうしゃ》伝説《でんせつ》～冒険《ぼうけん》のはじまり

★ゲームがやりたい!!

1

ある朝、目が覚めると……「〇〇、〇〇！　早く起きなさい。もう朝よ！」という母《かあ》さんの声が聞こえてきた。

正確《せいかく》に言うと、逆《ぎゃく》だ。

その声が聞こえてきたから目が覚めたんだ。そうだそうだ。

それにしても、なぜ母さんはオレの名前を知らないんだろう!?

すると、目の前に文字がいっぱい並んだ。

「あいうえお、かきくけこ……」とすべての文字である。

そして、薄《うす》い水色の服を着た小さな妖精《ようせい》がパタパタと背中《せなか》の羽で飛んできた。

「〇〇くん、あなたの名前を入力してね！」

入力……？　あ、ああ、そういうことか。

この妖精《ようせい》はゲームの操作《そうさ》方法がわからない時に出てきて教えてくれたり、ヒントをくれたりする。

元《げん》は自分の名前を使うことにした。

「ゲン」

芸はなかったが、いつもこれにしている。

以前はいろんな名前をつけてみたりした。

シャーロックとかフレンツとかゴンゾーとかカシオペアとか。意味はそんなにない。

何の話かというと、もちろんゲームの話だ。

最近、大人気の『勇者伝説《ゆうしゃでんせつ》・ドミリア国《こく》物語《ものがたり》』。略《りゃく》して『勇伝《ゆうでん》』。正統《せいとう》的なファンタジーRPGなのだが、ところどころでナゾナゾやクイズが出てくるところが受けているらしい。

……らしいと言ってるのは、これからやるからだ。

本当は一週間も前に父の英助《えいすけ》から買ってもらったのに、テストが終わるまでお預《あず》けにされていたのである。こんなにつらいことはない。

毎日毎日、そのことばかり考えていたもんだから、しまいに夢《ゆめ》にまで出てくるようになった。しかも、やってないゲームの夢なもんだから、いつも変なストーリーだったし、変なところで終わるのである。

しかし、きょうでテストは全部終わった！

いい出来だったかといったら、正直自信はないけれど、それでも自分なりにがんばったと思う。だからこそ、今のこの一瞬《いっしゅん》は何物にも代えがたい貴重な一瞬なのだ。

杉下元《すぎしたげん》、十歳《さい》。近くの銀杏《いちょう》が丘《おか》第一小学校に通う小学五年生である。

坊主《ぼうず》頭に近い短髪《たんぱつ》で前の辺だけ少し長めにしているのがおしゃれなんだそうだ。ま、この辺は全部母親の好みだったけれど、元も気に入っているから問題はない。

元《げん》の住む銀杏《いちょう》が丘《おか》はその名の通り、町中いたる所に銀杏があった。ただし、今の季節は冬。少し前まで見事な黄金色の葉を茂《しげ》らせていた銀杏並木《なみき》も今ではその影《かげ》もなく枯《か》れ枝《えだ》だけだ。

高い高い空の下、きょうは風もなくいいお天気。元たちは公園のベンチに腰《こし》かけ、この『勇伝《ゆうでん》』をやっていた。

元の左隣《ひだりどなり》には大木登《おおきのぼる》。同じクラスだが、大人並《な》みの体格《たいかく》をしている。だれよりも食《く》いしん坊《ぼう》で、いつでもリュックのなかにはお菓子《かし》がいっぱいだった。

元の右隣には小林聖二《こばやしせいじ》。彼《かれ》も同じクラスで一番の秀才《しゅうさい》。銀縁《ぎんぶち》の眼鏡《めがね》がキランとかっこいい美少年。運動もできるし、性格《せいかく》もいいしで欠点ゼロ。普通《ふつう》だったら嫌味《いやみ》な感じだが、彼に限《かぎ》ってはそれもない。

三人はベンチに仲良く座《すわ》っていたが、お互《たが》い話もせず、自分の持っている携帯《けいたい》ゲームに夢中《むちゅう》だった。

大木も小林も元より先に始めているから、だいぶ先に進んでいる。

「あ！　そっか。ここの鍵《かぎ》、あっちにいたやつ倒《たお》せばいいのか！」

などと、ついうっかりネタバレをされてしまったりもするが、まぁそんなに気にならない。

というか、そんなことといちいち覚えてられないくらいに、こみいったゲームなのだ。

「元《げん》、よく我慢《がまん》できたよなぁ！　オレなら無理無理」

大木《おおき》がセンベイをぼりぼり食べながら感心したように言う。

「元のお母《かあ》さん、厳《きび》しいもんなぁ」

隣《となり》の小林《こばやし》も目に同情の色を浮《う》かべ、うなずいた。

「まぁなぁ。世の中にはもっともっとやさしい母親を持ってる子供《こども》もいっぱいいるだろうに、オレはなんて不幸なんだ」

元は大木からもらったせんべいをバリッとかんだ。

ま、それはちょっと大げさな言い方だというのもわかっているが、それにしても買ったゲームをお預《あず》けにしておくというのは子供にとってどれだけつらいものか。ちっともわかっていない。

箱から出すことも禁止《きんし》で、なぜか神棚《かみだな》に飾《かざ》られていたのである。

「元《げん》、勝手に持ちだそうとしても神様がちゃんと見てらっしゃるからね！」

春江《はるえ》はそう言っておどしつけた。

神様がいるかどうかはわからないが、そう言われてしまうと、勝手に持ちだそうという気にはならない。そこまで度胸《どきょう》がないからだ。

「何しろ神様だからなぁ……」

一週間前、ぼそっとつぶやいた元に大木《おおき》が笑った。

「神様には勝てないって」

「うんうん、神様最強だもんな！　しかたないよ」

小林《こばやし》もよくわからない慰《なぐさ》め方をしてくれたもんだ。

しかし、今はちがう。ようやくゲームも解禁《かいきん》！　きょうから思《おも》う存分《ぞんぶん》楽しむんだ！

2

「ゲン、ゲン！　早く起きなさい。もう朝よ！」

眠《ねむ》い目をこすりながら体を起こす。ぼんやりと視界《しかい》が開けてくる。

そのなかに現《あらわ》れたのは母のハルだった。彼女《かのじょ》はとてもやさしそうな顔でお盆《ぼん》を差しだした。

「ほら、ゲンの好きなチョコレートパンとミルクよ」

「うわ、すっげー‼」

現実《げんじつ》では絶対《ぜったい》にありえないことのひとつ。それはベッドで食べる朝食だ。

さっそくほおばると、チョコレートの甘《あま》い味が口いっぱいに広がった。

「うんまい‼」

すっかり元気になって、ポンと飛び起きる。

ゲンは十歳《さい》。母のハルとふたり暮《ぐ》らし。父はゲンが生まれてすぐ山火事で亡《な》くなっていた。だから、ゲンも働いて家計を支《ささ》えている。

いつもの白いシャツにグレーの半ズボンを着て、トントンと階段《かいだん》を降《お》りた。

「母《かあ》さん、ごちそうさま！」

お盆を手渡《てわた》そうとして、その場に凍《こお》りついた。

お城《しろ》の門番をしてそうな兵士が立っていたからだ。

なぜうちに？　こんな朝っぱらから⁇

そう思っていると、ハルが振《ふ》り返《かえ》った。

「ああ、ゲン、ちょうどいい時に来てくれたわ。あのね、王様がおまえをお呼《よ》びなんだって。したくをしてお城《しろ》に向かってちょうだい」

「王様が⁉」

　すると、兵士が言った。

「そうだ。そそうのないようにな。では、城にて待っているので早く来るように」

　彼《かれ》はものすごく偉《えら》そうな言い方でそれだけ言うと、またまたものすごく偉そうな歩き方で去っていった。

「王様が何の用なんだろう？」

「さあねぇ。でも、早くしたくしなさい。帽子《ぼうし》をかぶって行くのよ」

「うん」

ゲンはハルが用意してくれたいい服を着てお城《しろ》に向かった。

いい服というのは、いつもの服の上に空色のジャケットを着て、同じ色の帽《ぼう》子《し》をかぶることをいう。

たしかに、この格好《かっこう》をすると、少しだけ自分がちゃんとした子供《こども》に思えてくるから不思議だ。


きょうはいいお天気。ゲンたちの国はドミリア国《こく》という。小さい国ではあるけれど、農作物も豊富《ほうふ》だし、そこそこ栄えたいいところだ。

それが証拠《しょうこ》に、ここ王都のドミリアントにはきょうもたくさんの旅人たちがやってきている。メインストリートには宿屋、武器《ぶき》屋、防具《ぼうぐ》屋、道具屋などが建《た》ち並《なら》び、歩いているだけでうきうきするくらいにぎやかだった。

ゲンはきょろきょろしながら、ついでに口笛《ふ》を吹きながら歩いていく。

さっきの兵士のようすじゃそんなに悪い話ではないみたいだ。悪いことをして怒《おこ》られるのなら、さっさと連れていかれているはずだし。

だとしたらいったい何なんだろう⁉　まったく見当もつかない。
城《しろ》は町の北東にある。大きな緑の森のなか、高い石造《いしづく》りの壁《かべ》に囲まれている。
その上、壁の周囲には深い堀《ほり》があった。

城の入口には門番がふたりいて、門番に言うと、間もなく城と入口の間に橋がかけられた。ギギギギッと音をたてて橋が降《お》りてくる仕組みになっているのだ。
城には来たことがある。年に一度のお祭りの時、国民のうち何人か選ばれて、城のなかに入れてもらえるからだ。
ゲンの家も二年ほど前のお祭りの時、抽選《ちゅうせん》に当たって、なかに入れてもらった。

みんなにふるまわれたごちそうのこと、クリームがたっぷりのったおいしいケーキや、披露《ひろう》された剣術《けんじゅつ》大会のことなど、その時のことは今でも覚えている。

しかし、いざ城《しろ》のなかに入ってみて困《こま》ってしまった。あまりにも広すぎて、どこへ行けばいいかわからないからだ。

こんな時はだれかに聞けばいいんだ……。

そう思って、近くに立っていた兵士に聞いてみた。

「あのぉ、ぼく、王様に呼《よ》ばれてきたんですけど、どこに行けばいいですか？」

でも、彼《かれ》は首を横に振《ふ》った。

「いかんいかん！　下々《しもじも》の者が王様に直接会《ちょくせつ》うなど、いかんいかん！」

「そ、そう言われても……きょう、王様に呼ばれたんですよ」

いくらそう言っても、彼は最初と同じ言葉を繰《く》り返《かえ》すだけだ。

「いかんいかん！　下々の者が王様に直接会うなど、いかんいかん！」

うーむぅ……これではらちがあかない。困《こま》った。

他の兵士に聞いてみても同じような反応《はんのう》しか返ってこない。王様からたしかに呼《よ》ばれたんだという証拠《しょうこ》でもあればよかったのだが、あいにくそんなものは持ち合わせていない。というか何ももらってない！

このままじゃここを通してくれなさそうだし……。

困っていると、あの妖精《ようせい》が現《あらわ》れた。彼女《かのじょ》の名前は「ポポル」という名前にした。特に意味はない。

「ゲン、こっちから入れそうよ！」

ポポルが案内してくれたのはお城《しろ》の左側。奥《おく》まったところに小さな入口があった。

そこから入ってみたが、その後がわからない。いったいどこに王様がいるのやら。

残念ながらポポルはもうヒントをくれないみたいだった。しかたないから、その辺を歩き回ってみることにした。

ゲンは心細い思い半分、好奇《こうき》心半分で歩き回り始めた。最初に入った部屋は貯蔵庫《ちょぞうこ》のようで箱がいくつか置いてあるだけだ。

だれかに見つかったら怒《おこ》られるのはわかっていたが、好奇心に負けて箱のふたを開けてみた。なかには緑色の小さな瓶《びん》がひとつあるだけだった。

「なんだろう、これ……」

勝手に取っていってはいけないだろうと思って箱のなかにもどした。

「鍵《かぎ》がかかっていない箱の中味は取ってもだいじょうぶよ！」

またポポルが現《あらわ》れた。

「そうなんだ……ほんとにいいのかな？」

ゲンはちょっとそう思ったが、思い切って取っておくことにした。緑色の瓶は耐久度《たいきゅうど》を回復できるヒールポーションだった。
他の箱のなかも見てみたかったが、みんな鍵《かぎ》がかかっていて開けられなかった。

次に入った部屋では兵士たちが剣術《けんじゅつ》の練習をしていた。「訓練場」と書いてある。
けがをしてはいけないからか、木製《もくせい》の剣を使っている。全員うまいわけではないらしく、なかには剣を振《ふ》り回《まわ》すだけで、ちっとも相手に当たっていないような兵士もいた。ブルンブルンと剣を振って、その勢《いきお》いで尻餅《しりもち》をついたり。
ついくすくす笑ってしまうと、

さっそく怒《おこ》られた。

「おい、そこの子供《こども》！　何がおかしいか！　ここは神聖《しんせい》な兵士の訓練場だぞ。出ていけ！」

「ここに子供など入れてはいかんぞ！」

「は！　ガパル兵士長‼」

ゲンのせいで怒られてしまった兵士がこわい顔でゲンの腕《うで》をつかんだ。

それにしても、子供子供と失礼だな。たしかに童顔だけど、これでももう十歳《さい》なのに！

ゲンはむっとして兵士を見たが、彼《かれ》はまったく気にしていないようすだった。

扉《とびら》を閉《し》められる前、ガパル兵士長と呼《よ》ばれていたおじさんのぶつぶつ言う声が聞こえてきた。

「王女さまをお守りしなければならぬからな。皆《みな》、心して訓練するように。あんな子供に心をかき乱《みだ》されてはいかんぞ」

王女さまというと、あの少し勝ち気そうで口うるさい女の子のことか。たしか年は同じ十歳《さい》くらい。

この前の祭りの時、彼女《かのじょ》がお菓子《かし》を子供《こども》たちに配るというイベントがあった。ゲンも楽しみにしていたが、王女のごきげんが急に悪くなったらしく、途中《とちゅう》で取りやめになってしまった。

もちろん、残りのお菓子は兵士たちによって配られたのだが、その時の王女のムスッとした顔ばかり思い出されて、印象はよくなかった。

長い廊下《ろうか》を歩いていくと、今度はいい匂《にお》いがし始めた。いったい何の部屋だろう？　と思っていると、「ここは台所。みんなの話を聞いてみようよ！」とポポルが言った。

入ってみると、たしかにここはたくさんの人が働く大きな大きな台所。

「ちゃんと味見したか？」

「はい！　ちゃんとしました」

「うむ、ならいいか。あ、皿を用意しておいて」

高くて白いコック帽《ぼう》をかぶったのが料理長なんだろう。みんなにテキパキと指示《しじ》をしている。他のコックたちは忙《いそが》しそうに働いていた。

「あ、あの……」

おそるおそる声をかけてみると、一番小さなコックが「はい、なんですか？」と聞いてくれた。コック帽《ぼう》がぶかぶかなのがかわいい。

「ぼく、王様に呼《よ》ばれたんです。でも、どこが王様の部屋なのかわからなくって……」

ゲンがそう言うと、コックは首をかしげた。

「王様の部屋なら三階ですが、あ、でも、謁見《えっけん》の間《ま》なら二階です。入口から大きな階段《かいだん》が続いているはずなので、そこを昇《のぼ》れば行けますよ」

「あ、ありがとうございます！」

よかった！　やっと場所がわかったぞ。こんなところで道草を食っているわけにはいかない。

ゲンは小走りに来た廊下《ろうか》をもどり、大きな階段というのを探《さが》したが、幸いすぐに見つかった。

というか、なんでこんなにわかりやすいところを見逃《みのが》していたのかわからないくらい呆気《あっけ》なく王様謁見《えっけん》の間《ま》というところに行くことができた。

「おお、おまえがゲンか⁉　待っておったぞ」

ようやく王様に会えたゲンだったが、拍子抜《ひょうしぬ》けしてしまうくらいにとてもフレンドリーな王様だった。

何しろ立派《りっぱ》な王座《おうざ》に座《すわ》ってはいるけれど、王座の上であぐらをかいているのだからびっくりした。

ぷくぷくした体をしていて、なんとも間が抜けたようなイメージの王様。赤いマントを羽織《はお》っていて、頭の上に冠《かんむり》をしてなかったら、ただの気のいいおじさんにしか見えない……それにどこかで見たような顔だ。

本当はプーリン・シュトビッチ・デラケスト三世という名前らしいが、みんな「プー王、プー王」と呼《よ》んでいて、本人もその呼び名がたいそう気に入っているという。

プー王は座《すわ》りなおすと、ゲンを大喜びで迎《むか》えた。

「よく来たよく来た。まぁ、そこに座りなさい。これ、お菓子《かし》とお茶を出して差し上げなさい」

「ははー」

家来がさっそくお菓子とお茶を持ってくる。見たこともないようなお菓子を前に、ごくりと喉《のど》を鳴らした。

「ほら、遠慮《えんりょ》せずに食べなさい」

そう言われても、これだけたくさんの兵士たちに見られているなかで、ひとりお菓子を食べるのは気が引ける。

困《こま》っていると、王様の右隣《みぎどなり》に立っていた茶色のマントを着た黒々とした眉《まゆ》と髭《ひげ》のおじさんが口を開いた。

「遠慮せず食べなさい」

「は、はい！」

そこまで言われて食べないわけにもいかない。

小さめのお菓子《かし》をひとつだけつまんで口に入れてみた。そのとたん、なんとも言えない甘《あま》くておいしい味が口のなかに広がる。

「うまいかね？」

プー王がうれしそうに聞くので、ゲンはこくっとうなずいた。

「このお菓子は隣国《りんごく》からの贈《おく》り物《もの》

なのだ。では、さっそくだが……おまえに願いがある。聞いてくれるな？」

その言い方では絶対《ぜったい》に断《ことわ》れない感じではないか。

内容《ないよう》を聞く前に、「はい！」と返事をしてしまった。いったいどんなお願いなんだろう？　ゲンはドキドキしながら説明を待った。

すると、プー王ではなく、隣《となり》にいたおじさんが黒々とした眉《まゆ》と髭《ひげ》を同時に上下させ、おもむろに説明を始めた。ディカケットという名の大臣だった。

3

「そっか、この生意気そうな王女が二か月後、十歳《さい》の誕生日《たんじょうび》なんだけど、闇《やみ》の魔王《まおう》ディラゴスっていうのが突然現《とつぜんあらわ》れて恐《おそ》ろしい予告をしたんだな」

そこまでのイベントを終えて、元《げん》はひとまずセーブした。そこまでを記録しておくのだ。こうしておけば次にゲームをする時、セーブした場所から再開《さいかい》できる。

そろそろ寒くなってきたから家に帰ろうということになったのだ。

「そうそう。『国を寄《よ》こせ。さもなくば、王女は十歳《さい》の誕生《たんじょう》日を無事迎《むか》えることはできないであろう』っていうね」

大木《おおき》が言うと、小林《こばやし》がクスッと笑った。

「わっかりやすいよなぁ！　国を寄こせって。ま、要するに支配下《しはいか》にするぞってことなんだろうけど」

「でも、その対策《たいさく》が占《うらな》いっていうのがすごいよな！」

元《げん》の言葉に大木も賛成《さんせい》した。

「そうだよ。国がどうなるかっていうのに占いで決めるんだろ⁉」

すると、小林が苦笑した。

「いやいや、世界の歴史を見てみると、そんなに珍《めずら》しいことではないみたいだぜ。日本の卑弥呼《ひみこ》も占いで政治《せいじ》を行ったらしいし、中国でもそうだ。いや、世界のどこでも占術《せんじゅつ》で重要な取り決めをしてきたという歴史はあるみたいだし」

「そうだな、そう言われてみればそうかも」

「うぅぅ、寒い寒い。今度は小林んちでやろうぜ！」

大木《おおき》が大きな体を震《ふる》わせて言うと、小林《こばやし》が苦笑した。

「うーん、それがさぁ。今、おばあちゃんが来てるんだけど、オレがゲームばかりしてると嫌《いや》がるんだよ。目が悪くなるって」

「ああ、わかるわかる。オレのとこなんか目《め》の敵《かたき》だからな！」

元《げん》も肩《かた》をぎゅっとすくませ、体を震《ふる》わせた。

「そんで？　王女の名前、何にしたんだ？」

大木に聞かれ、元はぺろっと舌《した》を出した。

「ルカ王女にした」

これには大木も小林も大笑いした。何しろ、ふたりとも同じ名前にしていたからだ。

彼《かれ》らと同じクラスに、江口瑠香《えぐちるか》という女子がいる。王女によく似《に》て、勝気で口うるさい上に生意気だ。

「やっぱルカ王女しかないよな」

「うんうん、ないない」

「でも、知られたらやばいな」

「ククククック、絶対《ぜったい》ばれないようにしないとな！」

「命の保証《ほしょう》、ないもんなぁ」

冬は日が暮《く》れるのもあっという間だ。夕焼けに染《そ》まった三人の背中《せなか》も、みるみる暗く色を失っていった。


さて、プー王がなぜゲンを呼《よ》んだのか……。

それは、闇《やみ》の魔王《まおう》ディラゴスからの恐《おそ》ろしい予告のせいだった。さっそく対《たい》策《さく》を練るため、宮廷《きゅうてい》お抱《かか》えの占術師《せんじゅつし》メルディックに占《うらな》わせた。

おばあちゃん占術師メルディックは三日三晩《ばんいの》祈り、占った末に、天からの啓《けい》示《じ》を受けた。

それは……。

「世界のあちこちにいる五人の少年少女たちを集め、彼《かれ》らの力を結集することができれば魔王を打ち砕《くだ》くことも可能《かのう》じゃ。まずはこのドミリアントに住むゲンを連れてくること。さすれば運命が他の四人に導《みちび》いていくじゃろう」

というものだった。

これまでいろいろ厄介《やっかい》なことが起こっても、メルディックが万事解決《かいけつ》してきた。その実績《じっせき》があるので、プー王も全面的に信頼《しんらい》をしていた。

「まぁ、いきなりこんなことを言われて驚《おどろ》いてるとは思うがね、すべては君にかかってるんだよ。この国の、そしてかわいいルカ王女の運命は‼」

さっきまでおいしいお菓子《かし》の話をしていたというのに、プー王は小さな目に涙《なみだ》まで浮《う》かべているではないか。

ゲンは「わ、わかりました！」と返事するしかなかった。

それに、国を救う勇者に選ばれただなんてかなり光栄なことだ。冒険《ぼうけん》の旅にも出てみたかったし、母《かあ》さんは心配するかもしれないけどな。そこはわかってもらうしかない。許《ゆる》してくれなくっても、男が一度約束したんだ。後にはひけない。

よーし、いっちょがんばるか‼

4

「あら！　あなたが世界を救う勇者に選ばれたんですって？　すばらしいじゃないの。母さん、信じてるわ。体に気をつけてがんばるのよ！」

案外すぐ許してくれた。

「世界を救う」のではなく「国を救う」んだけど、まぁいいか。そこ、気にするとこじゃない。

ゲンはさっそく旅《たび》じたくをすることにした。

何しろ時間があまりない。王女の誕生日《たんじょうび》は約二か月後だ。それまでに四人の勇者たちを見つけだし、魔王《まおう》を倒《たお》さなければならないのだから。冒険《ぼうけん》の旅に出るのだから、当然装備《そうび》を調《ととの》えなければならない。お城《しろ》の兵士訓練所に行けばなんでも好きな装備を貸《か》してもらえると聞いたので、翌日《よくじつ》行ってみた。

軽くて動きやすいものから頑丈《がんじょう》で重い装備までいろいろある。武器《ぶき》もショートソードからロングソード、槍《やり》や弓など、目移《めうつ》りしてしまうくらいだ。

「装備はいらなくなったら売れるからどんどん変更《へんこう》していったほうがいいわよ！」

ポポルがアドバイスしてくれるが、お城で借りた装備を勝手に売っていいんだろうか。

どれにしようかと目を輝《かがや》かせていたゲンだったが、いろいろ試した結果、一番軽量な革《かわ》アーマー（胸当《むねあ》て）とショートソードしか装備できないことがわかった。

あまりにもゲンの体力や筋力《きんりょく》、技量《ぎりょう》が足りないせいだ。

はずかしかったが、「君、まだ十歳《さい》であろう？　これから鍛錬《たんれん》していけばよい。がんばれよ！」と、あの兵士長のガパルが励《はげ》ましてくれた。

旅のしたく金も少しもらったので、それでヒールポーションや毒消し草、携帯《けいたい》食料などを買った。
「まぁ、最初のうちはそんなに遠出はできないだろう。まともな装《そう》備《び》ができるようになるまでは、辛《しん》抱強《ぼうづよ》く町の近くで鍛錬するんだ。耐久度《たいきゅうど》が小さくなってきたら無理せず、帰ってくるんだぞ。家で休めば耐久度も全快《ぜんかい》するからな」
ガパルにそう言われていたので、

着替《きが》えなども持たなかった。

「じゃあ、行ってきます！」

「はーい。行ってらっしゃい。お昼には帰ってくるの？」

「たぶんね」

「気をつけてくのよぉ！」

「わかったー」

……と、まるで学校にでも行くような会話を母親としてから、町の外に出るゲン。

これまでも町の外に出ることはあったが、モンスターが出てくるような危険《きけん》ゾーンに近寄《ちかよ》ったことはない。いつも街道や平和な草むらと呼《よ》ばれるゾーンしか歩かなかったのだが、きょうからはちがう。危険ゾーンに自ら踏《ふ》み入《い》っていくのだ‼

ポポルが言うには、最初に出てくるのは一番弱いスライムだという。

小さなスライム一匹《ぴき》くらいなんとかなるだろう。

そうは思っても、何事も初めてのことというのは緊張《きんちょう》する。草むらに分け入っていくだけでもドキドキしてきた。

ショートソードを持ち、一歩一歩進みながら左右を確認《かくにん》する。何か音がしないか、耳も澄《す》ませていた。

しかし、いくら歩いても何も起こらない。

「あれぇ？　おかしいなぁ……。ここ危険《きけん》ゾーンじゃないのかなぁ？」

キョロキョロしながら一歩踏みだした時だった。

ズサッ‼　ズサズサッ！

急に物音がしたもんだから心臓《しんぞう》がドッキーン‼　と鳴り、ショートソードを取り落としてしまった。

わ、わわわ！　ま、まずい。

あわてふためいて地面を探《さが》すけれど、草がじゃまして見つからない。

そのうち草むらからピョンピョン跳《は》ね回りながら薄緑《うすみどり》のスライムが飛びだしてきた。

「うわ！　き、来た‼」

スライムはグニャグニャとゼリーのように体を変形させながら近づいてくる。

ショートソード、ショートソード‼　とにかく武器《ぶき》を探《さが》さなければ‼

冷静になろう。相手は弱いんだから、だいじょうぶなはずだ‼

ゲンは必死に自分に言い聞かせ、地面を探し続け、ようやく見つけることができた。なんと足下に転《ころ》がっていたのだから、どれだけあわてていたかがわかる。

「ゲン、ゲン！　落ち着いて。ショートソードは片手《かたて》でかまえるより両手でかまえたほうが大きなダメージが入るわ！」

ポポルが空中で羽をパタパタさせながら教えてくれる。

わかった！　よし、戦うぞ。

ショートソードを両手でかまえた時、背中《せなか》にドスンとスライムがぶつかってきた。

「い、いたっ‼」

革《かわ》アーマーの上からの攻撃《こうげき》だったから耐久度《たいきゅうど》はそんなに下がらなかったけれど、もう少し下だったら危《あぶ》なかった。

「く、くそ。後ろからとは卑怯《ひきょう》だぞ」

自分で言っておきながら、スライム相手に卑怯も何もないとゲンも思った。

「よーし、相手になってやる。どりゃぁぁあ‼」

かけ声と共にショートソードを振《ふ》りおろした。

うわっ、しかし、見事な空振《からぶ》り。スカッと音がした。

「くそおぉぉー‼」

もう一度体勢《たいせい》を立て直して攻撃！　と思ったけれど、今度は横の茂《しげ》みから同じようなスライムがもう一匹《ぴき》飛びだしてきた。

「わわわわ‼」

肩《かた》に体当たりされ、今度は気を失うほどの痛《いた》みを感じた。しかも、最初のスライムももう一度攻撃してくる。

「ま、まずい……退却《たいきゃく》したほうがいいんじゃないか」

兵士長ガパルが「危《あぶ》ないと思ったら、さっさと退却するほうがいい時もあるぞ。無駄《むだ》に攻撃ばかり食らってたら、命がいくらあっても足りないからな」とアドバイスしてくれたのを思い出した。

しかし、まだまだ耐久度《たいきゅうど》には余裕《よゆう》がある。初戦から負けたくない！

ゲンは踏《ふ》みこたえ、ショートソードを突《つ》きだしてみた。

ビシュウウゥウゥ！！！

今度は最初のスライムにヒット。スライムは半分にちぎれ飛んだ。

「や、やったっ‼」

喜んだのもつかの間、二匹目《ひき》のスライムがまた肩《かた》に飛びかかってきた。

「うわっ‼」

反射的《はんしゃてき》に避《よ》ける。すると、スライムのほうでも「スカッ」と音をたて、空振《からぶ》りした。

やったやった‼　これは勝てるかもしれない。

空振りをしたスライムの上からショートソードを振《ふ》りおろす。


ジュバババババッ‼


心地いい音が響《ひび》き、スライムは粉々になってしまった。

「や、やったぁぁあ‼」

初めて勝ったのだ。これはうれしい。

しかし、自分の耐久度《たいきゅうど》も削《けず》られた。まだだいじょうぶだとは思うが、ここは慎重《しんちょう》にヒールポーションを飲んでおこう。

ごくごくっと音をたてヒールポーションを飲むと、みるみる耐久度が回復していった。

少し甘くてシュワッとしていて、なかなかおいしい。

冒険者《ぼうけんしゃ》手帳を見てみたが、まだレベルアップはしていなかったが、ソウルが少し増《ふ》えていた。やったやった!! このソウルがある程度《ていど》貯まるとお金代わりにも使えるし、レベルも上がるのだ。

レベルが上がれば今まで装備《そうび》できなかった武器《ぶき》や防具《ぼうぐ》も装備できるようになる。

「ゲン、よくやったわ。この調子でどんどん修行《しゅぎょう》していきましょう」

ポポルが小さな手で拍手《はくしゅ》してくれた。

「よーし、がんばるぞ!!」

力がみなぎってくる。次はショートソードを取り落としたりしないよう気をつけながら、草むらを分け進んでいくゲンであった。

5

「ちょっと、元《げん》‼　いい加減にしなさい‼」

いきなり頭上から雷《かみなり》が落ちたもんだから、元は寝《ね》っ転《ころ》がっていたソファーの上からドタッと落ちてしまった。

「い、いってぇ……」

携帯《けいたい》ゲーム機を持ったままうめいていると、春江《はるえ》が鬼《おに》のような形相《ぎょうそう》で見下ろしていた。

「あんたねぇ、何回言わせれば気がすむの？　宿題終わったの？」

「終わった終わった」

実はまだ漢字プリントが一枚《まい》残っているのだが、あんなのは朝のホームルーム中にだってできてしまう。一番大変な算数プリントは全部終わらせてあるんだからいいのだ。

頭のなかで勝手な言《い》い訳《わけ》をしつつ、ついウソをついてしまう。

春江は眉《まゆ》をぴくっと上げた。

「そう、だったらお風呂《ふろ》入りなさいよ。これも五回くらい言ってる」

五回というのは大げさだ。せいぜい三回くらいだと思う。

「もうちょっと後でいいよ」

「よくない！」

「だって、ご飯の前に入るのってよくないんだってさ。この前テレビで言ってた」

「…………！」

春江はむっとした顔をしたまま、問答無用で元の手から携帯《けいたい》ゲーム機をむしりとってしまった。

「な、何するんだよ！」

元《げん》はびっくりして彼女《かのじょ》を見上げた。

「テレビがどうの、関係ないでしょ。あんた、毎日夕飯前にお風呂《ふろ》すませてるじゃないの。そうじゃなきゃね、かたづかないの。臭《くさ》いし」

「だとしても、なんでいきなり取り上げたりするんだよ。母《かあ》さんは乱暴《らんぼう》すぎる。風呂、入るよ、入ればいいんだろ？　だから返してくれよ‼」

いつもならここまで反抗《はんこう》しないのだが、ちょうどいいところまで進んでいたので腹《はら》が立ってしかたなかった。もし、セーブできてなかったらどうするんだ⁉　今までの苦労が水《みず》の泡《あわ》になってしまう。

口をとがらせ、春江の手から携帯《けいたい》ゲーム機を取り返した。あきれた顔の彼女を無視《むし》して、自分の部屋に直行。あわててゲームをチェックしてみた。

「よかった……セーブできてる」

ちょうどセーブしたところだったから命拾いした。

まったく！　ゲームのなかのボスキャラよりよっぽどこわいぜ。ゲームのなかのやさしい母、ハルとは大ちがいだ。

元《げん》は肩《かた》をすくませ、着替《きが》えを持って風呂《ふろ》場に向かった。

ああぁあ、早く大人になりたい。そして、だれに文句《もんく》も言われることなく、思うぞんぶんゲームがしたい。

肩まで湯につかって、元はため息をついた。

翌日《よくじつ》のことだ。この携帯《けいたい》ゲーム機のことが学校で問題になった。

隣《となり》のクラスの守口秀生《もりぐちひでお》が学校に持ってきていて、それがばれてしまったのだ。

「高科《たかしな》先生が放課後まで預《あず》かっておくことになった。みんなもだめだぞ、ああいうのを学校に持ってきては」

プー先生が教室のみんなを見回した。

隣のクラスのことだったけれど、問題が問題なので元のクラスでも注意することになったのだ。

プー先生の本当の名前は小日向徹《こひなたとおる》というのだが、そのぷくぷくした体型からか、時々おならをするせいか、「プー先生」というニックネームで呼《よ》ばれている。

あのプー王そっくりなのだ。まぁ、そっくりだからこそ「プー王」という名前にしたのだが。

そう、『勇伝《ゆうでん》』では、主要なキャラクターに自分で考えた名前をつけることができるようになっている。それでぐんと身近な感じがするのだ。

ところで、守口《もりぐち》のこと。彼《かれ》もまた同じゲームをやっていて、携帯《けいたい》ゲーム機を学校にこっそり持ってきていたらしい。しかも、音楽の授業《じゅぎょう》の時、机《つくえ》の下でピコピコやっているのを音楽の中山佳美《なかやまよしみ》先生に見つかってしまった。

当然、隣《となり》のクラスの担任《たんにん》、高科《たかしな》めぐみ先生に報告《ほうこく》されて没収《ぼっしゅう》ということになったというわけだ。

「ゲーム機持ってくるだなんて、守口君も勇気あるよね」

高橋冴子《たかはしさえこ》が言うと、瑠香《るか》がすぐに答えた。

「そういうのは勇気とは言わないのよ」

あの「瑠香」である。おしゃれな彼女《かのじょ》はくるくるんとカールさせたツインテールをゆらし、首を横に振《ふ》った。

キャラクターワッペンがいっぱいついた黄緑色のセーターにデニムのキュロット、黄緑のライン入りの白いハイソックスというスタイルである。髪留《かみど》めも黄緑色で、カラーコーディネイトに気をつけているのがわかる。

「ふーん、じゃあなんて言うのよ」

冴子《さえこ》に聞かれ、彼女《かのじょ》は言葉につまった。そこまで考えていなかったからだ。

「そ、そうねぇ。うーんと……『考えが余《あま》らない』って言うのよ」

「どういう意味？」

「だから、考えなしっていうか、そういうこと」

と瑠香《るか》が言った時、彼女の斜《なな》め前の席に座《すわ》っている小林《こばやし》がプッと吹きだした。

「うそ、またまちがえた!?　わたし」

彼女《かのじょ》はちょくちょく言葉をまちがえて使うのだ。

「そうだね。それを言うなら『考えが足りない』だな」

小林《こばやし》がすまなさそうに言うと、瑠香《るか》の顔がまっ赤になった。瑠香の親友の冴子《さえこ》は横でニコニコ笑っている。

「じゃあ、教科書を出して。きょうは四十二ページからだ」

プー先生が大きな声で言うと、みんなあわてて教科書を開いた。

元《げん》の隣《となり》の席に座《すわ》っている少女はまだ机《つくえ》の上につっぷして、幸せそうな寝顔《ねがお》のままだ。窓際《まどぎわ》の席だから、窓からの光が彼女の長い髪《かみ》や頬《ほお》に当たっている。

彼女の横に置かれた水槽《すいそう》には赤いメダカが何匹《びき》か泳いでいて、なんとものんびりした風景だ。各クラスでメダカを飼《か》っているのだが、元たちのクラスのメダカが一番長生きだというわさだった。しかし、今は和《なご》んでいる場合じゃない。

「茜崎《あかねざき》、茜崎」

いつもなら放っておくが、きょうのプー先生は珍《めず》しく機嫌《きげん》が悪《わる》い。怒《おこ》られたりしたらかわいそうだ。

「ん？　あ、あぁ……」

彼女《かのじょ》は半分だけ目を開き、黒くて長いまつげを二、三度またたかせた。

ぼさぼさの長い髪《かみ》は輝《かがや》いていたし、透《す》きとおるような白い肌《はだ》も柔《やわ》らかそうだ。

彼女の名前は茜崎夢羽《あかねざきむう》。頭脳明晰《ずのうめいせき》な彼女はクラスで小林《こばやし》の次に成績《せいせき》がいい。いつもこうやって居眠《いねむ》りばかりしているというのに。成績だけでなく、これまでも数々の難事件《なんじけん》をあっさり解決《かいけつ》してきた彼女は学校だけでなく、地元の警察《けいさつ》からも一目置かれているというスーパー小学生なのだ。

夢羽は国語の教科書を広げ、小さなあくびをした。

いったいどうしていつもいつも眠《ねむ》そうなのか、それも不思議のひとつだが、彼女についてはわからないことがまだまだたくさんある。

元《げん》にとっては、まぶしく、そしてミステリアスな存在《そんざい》なのだった。

それにしても、守口《もりぐち》はなぜ学校に携帯《けいたい》ゲーム機なんか持ってきたんだろう？　もしかすると、彼《かれ》も元の家と同じように厳《きび》しく制限《せいげん》されてるから、家で思うようにゲームができないのかも。それで持ってきたのかもしれない。

「ちがうちがう。その反対だって」

次の休み時間、元《げん》と大木《おおき》がその話をしているのを聞いて、瑠香《るか》が否定《ひてい》した。

「反対?」

「うん、彼の家はすっごく自由で、お父《とう》さんもお母《かあ》さんもすっごく忙《いそが》しくて、勉強のことだとかなんにも言わないんだって。さやかちゃん、学童でいっしょだったから知ってるんだってさ」

久保《くぼ》さやかはアイドル大好きな女の子でうわさも大好き。すぐにやってきてうれしそうに話しはじめた。

「そうそう! そうなんだよねー‼ 家が近所だから保育園《ほいくえん》からいっしょなんだけどさ。運動会も保護《ほご》者会も親はほとんど来ないってさ。うちのママが言ってた。役員とかも全部人任《ひとまか》せで困《こま》るって」

「そうなんだ……だとしたら、ゲームなんかもやり放題だね。わざわざ学校まで持ってこなくたって」

瑠香《るか》が言うと、さやかはふふんと鼻で笑った。

「だからこそ持ってきたんじゃないの？　怒《おこ》られるわけじゃないし」

いいなぁ、それ……。

元《げん》も大木《おおき》もつくづくそう思うのだった。

★勇者を探《さが》して

1

赤いスライムが茂《しげ》みからピョンピョンと五匹《ひき》も出てきた。薄緑《うすみどり》のスライムよりずっと強いやつだ。

「よーし、楽勝だぜ！」

ゲンは炎《ほのお》のショートソードを振《ふ》り回《まわ》した。

ズバババババッ　ボッボッボッ‼

ショートソードが小気味よくヒットし、炎を放《はな》つ。スライムたちは一瞬《いっしゅん》で溶《と》けた。

あれからどれだけスライムたちと戦ったことだろう。レベルも上がって、革《かわ》の全身アーマー+1を装備《そうび》できるようになったし、武器《ぶき》もレベルが上がった。筋力《きんりょく》や体力も上がっているので、始めた頃《ころ》とは比《くら》べものにならないくらい強くなっていた。スライムだって最初の薄緑《うすみどり》の弱いやつらじゃない。赤くて炎《ほのお》まで吹《ふ》くような強いやつらだ。そいつらだって一瞬《いっしゅん》で溶《と》けるんだから、どれだけ強くなったかがわかるだろう。

「ふー、そろそろこの先の小さな村まで行ってみるかな」

　自信もついてきたので、森を抜《ぬ》けると小さな村があるという話だったから、そこまで行ってみるつもりだった。

お弁当《べんとう》も持っているし、ヒールポーションも十個《こ》ある。だいじょうぶだいじょうぶ！

自分に言いきかせ、元気よく腕《うで》を振《ふ》って歩いていった。

森のなかは暗くて、ちょっとドキドキする。しかも、途中《とちゅう》に小川があって、そこにかかっている橋も渡《わた》ってしまった。橋を渡ったのは初めてである。

なぜ橋が問題になるかというと、いつもアドバイスをくれる兵士長ガパルから「いいか、橋をひとつ渡ると世界が変わると思っておけ。モンスターもぐんと強くなるからな。気をつけろよ！」と言われてきたからだ。

少し緊張《きんちょう》したが、渡ってみると別に大したちがいはないように思えた。

たしかに森のなかは暗いけれど、鳥の鳴き声もするし、平和な感じもする。

緊張していてはうまく戦えないからな。リラックスリラックス‼

もう一度自分に言い聞かせて、一歩一歩前に歩きだした……その時だ。

地面ばかり注意して見ていたのがいけなかった。

いきなり木の上からスルスルっと透明《とうめい》の糸がたれてきて、人間の顔くらいもある大きな蜘蛛《くも》が降《お》りてきたのである。

「うわっ!!」

蜘蛛はいきなりゲンの顔めがけて白い糸を噴射《ふんしゃ》してきた。

糸がべとべとと顔に張《は》りつく。

「め、目が見えない……!!」

ショートソードを持った手ではうまく払《はら》えない。

「うわっ!!」

前がうまく見えないというのに、今度は背中《せなか》に何ものかが体当たりしてきた。ゲンはそのまま前のめりに倒《たお》れてしまった。

まずいまずい‼　落ち着かなくっちゃ。

立ち上がって体勢《たいせい》を立て直し、ショートソードをかまえようとしたが、まだ前がよく見えない。

心臓《しんぞう》の音がこめかみのあたりでドキンドキンとうるさく響《ひび》く。

「うわぁあ、わわっ‼　ええい‼」

めちゃくちゃにショートソードを振《ふ》り回《まわ》すと、いくつかは当たったようで、ビシッビシッ！　と鈍《にぶ》い音がした。

しかし、敵《てき》はちっとも弱ったようなようすは見せない。

ただ顔を払《はら》うだけの余裕《よゆう》はできた。素早《すばや》く顔についた蜘蛛《くも》の糸を払うと、後ろから攻撃《こうげき》してきた敵《てき》の正体がわかった。

丸くて青い体に短い足が三本、顔には目玉がふたつ、ちょうどピンポン玉くらいの大きさでグルングルンしている。

そいつは短い足でちょこまかと動き、体を大きくゆらしたかと思うといきなり体当たりしてきた。それが痛《いた》いのなんのって、目から星が出る。

しかもそっちばかり気にしていると、また蜘蛛《くも》の攻撃《こうげき》が来る。

ま、まずい！　このままじゃやられてしまう。

死亡《しぼう》することはないけれど、耐久度《たいきゅうど》がゼロになると動けなくなって一日経《た》たないと復帰《ふっき》できないし、今まで稼《かせ》いだソウルが全部なくなってしまう。レベルも一個《こ》低くなるという恐《おそ》ろしいことになる。

それだけは避《さ》けたい‼　今までの苦労が水《みず》の泡《あわ》じゃないか。

よし、ここはいったん退却《たいきゃく》しよう。

ゲンはそう決意すると、敵《てき》のすきを突《つ》いて逃《に》げだそうと試みた。

しかししかし、敵が退路《たいろ》に回りこむため、なかなかうまくいかない。

「ゲン、しっかり！　敵が強くなると逃げるのもむずかしいの。こうなったら戦うしかないわね」

ポポルがアドバイスしてくれる。

そ、そうか。困《こま》ったなぁ……。

どうしたらいいかとあたふたしているうちに、また背中《せなか》に体当たりが‼　しかも、今度のはクリティカルヒットだったようで、目の前がまっ白になるくらいの痛《いた》みが走ってしまった。しばらく動けなくなってしまった。

目の前に蜘蛛《くも》の体が大きくのしかかってくる……‼

だ、だめだぁぁぁ。

前にも後ろにも行けず、心からこわくなってきた。

このままではただやられるだけになってしまう……どうしたらいいんだ⁉

そうこうしているうちにも敵《てき》の攻撃《こうげき》は止むどころかむしろ激《はげ》しくなっていく。だんだん視界《しかい》がぼやけていった時だった。

ドカンドカンドカン‼


重い重い音が響《ひび》いた。

まさかまた新たな敵《てき》が現《あらわ》れたんだろうか⁉

かすんでいく視界《しかい》のなかで、大きな背中《せなか》が見えた。それはモンスターではなく人間のようだった。

もしかするとガパルが助けに来てくれたのかな。それとも見まちがいなのか。

「おい、だいじょうぶか⁉　しっかりしろ」

声が聞こえてきた。やっぱり人間だ‼

なんとか立ち上がり、目をこらしてみる。目の前にいるのは兵士長のガパルではなく大柄《おおがら》な少年だった。

彼《かれ》は大ぶりのトンカチを持っていて、それでドカンドカンと音をたて、モンスターたちと戦っていたのだ。

よ、よし、オレも戦わなくっちゃ。

ゲンは力をふりしぼってショートソードを持ち直し、目の前の蜘《く》蛛《も》に切りかかっていった……。

彼《かれ》の名前はオオキといった。鎧《よろい》も上着も着ていない。つまり上半身は裸《はだか》！

どうしてかというと、裸になることで両手武器《ぶき》の威力《いりょく》が二倍になるんだそうだ。

いくらそうでも、常《つね》に上半身裸というのは嫌《いや》だなぁとゲンはちらっと思った。

彼はすぐ近くのシーゼン村に住んでいるそうで、ゲンと同じ十歳《さい》だという。

でも、そんなこと信じられないくらいに大きな体だ。

「本当に十歳《さい》⁉」

そう聞いたのは三度目だ。それでもオオキはちっとも怒《おこ》らない。

「そうだよ。おまえと同じ十歳だよ。すごいなぁ、王様に頼《たの》まれて勇者になったのかい？」

「うん、そうなんだ」

モンスターたちを倒《たお》した後、ふたりは安全な道を歩き、オオキの住むシーゼン村に向かっていた。

その道すがら、ゲンは王様から頼まれた話をした。

「でも、その選ばれた勇者たちっていうのはどうやって見つけるんだい？　何か目印があるの？」

オオキに聞かれて、ゲンはリュックのなかから小さな手鏡を取りだした。

「これをかざすと体のどこかに勇者の印が現れるんだってさ。たとえばオレの場合は、ここだよ」

ゲンはそう言うと、額《ひたい》に手鏡をかざしてみた。すると、そこに白く光る星が現《あらわ》れた。

オオキは目をまん丸にした。

「すっげー!!　その手鏡、ちょっと見せてもらえる?」

「ああ、いいよ!」

ゲンはオオキに手鏡を渡《わた》した。すると、さっそく、彼《かれ》は顔をのぞきこんだ。

「うーん、オレはちがうみたいだ」

少し期待していたんだろう。彼はがっかりした声で言った。

でも、そんな彼を見ていたゲンは目をまん丸にした。

なんとなんと!!

顔ではなく、オオキの場合、お腹《なか》に白く光る星が現れたではないか!?

「す、すっげぇぇぇぇ――――!!!　オオキ、おまえも勇者だよ」

ゲンは彼のおなかを指さした。

「へ??　あ、わわわっ!!」

何がなんだかわからず、オオキはお腹を手でおおった。

ゲンは大笑いしながら、あのおばあさん占術師《せんじゅつし》メルディックが言ってた「さすれば運命が他の四人に導《みちび》いていくじゃろう」という言葉は本当だったんだと思った。

2

それから三日後の放課後、本当は大木《おおき》たちとゲームがやりたかったのだが、あいにく大木は塾《じゅく》、小林《こばやし》は家の用事とかでつきあってもらえなかった。

しかたがないので家にまっすぐ帰ったのだが、運がいいことに春江《はるえ》も小学二年生になる妹の亜紀《あき》もいなかった。

祖母《そぼ》の家に行っているから宿題をすませておくように、メロンパンといっしょに書き置きがあった。

「やったぜ‼」

元《げん》は一度ジャンプし、大げさに片手《かたて》を上げ、着地と共にガッツポーズを決めた。

こんなはずかしいポーズをだれかに見られでもしたら、穴《あな》に入ってしばらく出られないだろう。

ひとりで留守番《るすばん》というと、昔はすごく嫌《いや》だった。ほんの三十分でもこわかったし、心細かった。それが今やこの変わりようである。

いつか大人になってひとり暮《ぐ》らしができるようになったら、どれだけ楽しいだろう⁉ 好きな時にテレビを見たり漫画《まんが》を読んだりゲームをしたりできる。友達だって呼《よ》べるし、ゴロゴロし放題だ。好きなものを食べて、嫌《きら》いなものは残していいのだ！

留守番最高‼

元はにやにやしながら冷蔵庫《れいぞうこ》から冷えた牛乳《ぎゅうにゅう》を出し、コップに注いだ。

これがメロンパンに合うんだな。

もちろん、彼《かれ》の頭のなかには宿題の「し」の字もない。キッチンの床《ゆか》にランドセルを投げだしたまま、リビングに牛乳とメロンパンを運んだ。

ソファーの前のテーブルにそれらを置き、自分の部屋から携帯《けいたい》ゲーム機を持ってくる。

心がはやってはやって、階段《かいだん》を一段抜《ぬ》かしで降《お》りていきたいくらいだった。狭《せま》い階段なのでそんなことはしないが、最後はジャンプして降《お》りた。春江《はるえ》がいれば、それだけでも雷《かみなり》が落ちてくる。

あーああ、母親っていうのはなんであんなにいちいち小うるさいんだろう。

しかも、今怒《おこ》ってることだけじゃなくて、前の失敗とかを蒸《む》し返《かえ》してくるから困《こま》る。よく父の英助《えいすけ》がそれでぶつぶつ文句《もんく》を言っているが、心から同情《どうじょう》する。

まぁ、そんなことはどうでもいい。今はゲームだ‼

ふたり目の勇者が見つかり、行動範囲《はんい》もぐんと広がった。山も越《こ》えたし、橋も三つ越えた。敵《てき》も強くなってきた。初めてのダンジョンはこわかったし、何度も迷《まよ》ったけれど、

なんとか謎《なぞ》も解《と》けた。

そうそう、このゲームの特徴《とくちょう》はナゾナゾやクイズが出題されることだ。元《げん》はナゾナゾが得意なので、この点でも気に入っていた。

今も門番がナゾナゾを出してきて、元は考えていた。

「一日には二回あるけど、一年には一回しかないもの」というものだった。

枠《わく》はひとつだから、文字がひとつ入るんだというのはわかっていた。

なんだろう……。

首をひねっていると、電話が鳴った。

「もしもし、杉下《すぎした》ですけど」

電話に出ると、なんと大木《おおき》だった。

「あ、元か？　あのさー、ナゾナゾがわからなくってさー」

「え⁇　だって大木、塾《じゅく》だったんじゃないのか？」

「うん、きょうは休みだったの忘《わす》れてた！」

「なーんだ。だったら、うち来ればいいのに。だれもいねえぞ！」

「そっかー、でももう遅《おそ》いからなぁ。で、ナゾナゾなんだけどさぁ……門番が出してきたやつなんだけど」

やっぱり同じナゾナゾで引っかかっているらしい。元《げん》はおかしくて笑いだした。

ずいぶん遅れていると思っていたのに、どうやら追いついたらしい。

「今、ちょうどそこ、オレも困《こま》ってたんだ。文字二個ならわかるんだけどさ。一個だろ?」

「文字二個なら何なんだ?」

「『1』『2』だよ。合わせると12だろ。一日に12時は午前と午後と二回あるけど、一年に12月は一回だろ?」

「おおぉー! そうか! でもこれは一個《こ》だしなぁ」

「うんうん」

ふたりしてずっと考えていたけれど、どうしてもわからなかった。

このゲームのいいところはもし詰《つ》まってしまって先に進めなくなったとしても、別の行き方が用意されていることだ。今回もだいぶ遠回りするけれど、門番の好きな食べ物

を十個《こ》持ってくれば通してもらえる。結局、元《げん》と大木《おおき》は根負けして食べ物を調達するこ
とにした。

「元!! 元!!!」

春江《はるえ》の声がだんだん大きくなってきて元は飛び上がり、そのままドテッと床《ゆか》に落下してしまった。

いつから呼《よ》ばれていたんだろう。集中しすぎてわからなかったようだ。

「いってて……」

腰《こし》を打ってしまってうなっていると、針《はり》のような視線《しせん》を感じた。

こわごわ見上げてみると、そこには思った通り鬼《おに》のような形相《ぎょうそう》の春江が仁王立《におうだ》ちし

ていた。鬼《おに》の顔で仁王立《におうだ》ちだ。どれだけ恐《おそ》ろしいか。

「元《げん》！　あんた、また宿題もせずにゲームばっかりして‼」

「い、いや、えっと宿題はしたよ」

苦しい言《い》い訳《わけ》をすると、春江《はるえ》の右の眉《まゆ》が二センチくらい上がった。

「ランドセル、床に放りだしたままで、どうやって宿題するっていうのよ！」

「あっ……」

これはどうしようもない。

へたなウソをつくんじゃなかったと後悔《こうかい》した時は遅《おそ》い。後悔というのは取り返しがつかなくなってから悔《く》やむことを言うのだから当たり前なのだが。

「だから、ゲームなんか買うんじゃないって何度も言ったのよ。それをパパったら甘《あま》いんだから！　それ、貸しなさい‼」

春江は手を出した。

「え？　う、うそ‼」

元は目をまん丸にして首を思いっきり左右に振《ふ》った。

まさか没収《ぼっしゅう》とかないだろうな⁉　思いもしなかった災難《さいなん》に、元《げん》は鼻の奥《おく》がツンとしてきた。くそ、こんなことで泣くもんかと思っても、涙《なみだ》のほうが勝手に出てくる。それを見て、春江《はるえ》も面食《めんく》らってしまったようだ。まさか泣くとは思わなかったからだろう。

「んもう！　泣くことないでしょ。男の子が！　情《なさ》けないって思わないの⁉」

男としてのプライドがズタズタである。子供《こども》の一番言われたくないことがわかる才能《さいのう》があるのに、それをなぜわざわざ言うんだろう⁉

さっきまでの楽しかった思いがみるみるしぼんでいく。

さすがに春江もかわいそうに思ったのか、「わかったわよ。返してほしかったら、夕飯までに宿題すませてきなさい！　あ、あと、お風呂《ふろ》も入るのよ」と言った。

「はい……」

見る間にしおれてしまった元はトボトボと階段《かいだん》を昇《のぼ》った。ゲームをやるぞと降《お》りてきた時とはまるで別人のようだ。

その後《うし》ろ姿《すがた》を見て、妹の亜紀《あき》がはやしたてた。
「お兄ちゃん、元気なさすぎ！　かっこわるー!!」

3

翌日《よくじつ》、学校で隣《となり》の席の夢羽《むう》にきのうのナゾナゾ問題を聞いてみた。大木《おおき》といっしょに考えてもわからなかった「一日には二回あるけど、一年には一回しかないもの」というやつだ。

彼女《かのじょ》はしばらくボーッと彼《かれ》を見ていたかと思うと、ニコッと笑った。

朝の日の光を受け、髪《かみ》も肌《はだ》もきらきら輝《かがや》いていて。まさに天使のほほえみである。

「『ち』じゃないか?」

「『ち』?? どうして??」

急に聞いたのに、それほど悩《なや》まず答えられたもんだからびっくりしてしまった。

大木《おおき》も驚いている。

夢羽《むう》はノートの端《はし》にシャーペンで文字を書き始めた。

「いちにち」と「いちねん」と、ひらがなでふたつ。

それを見て、元《げん》が「あっ!!」と声をあげた。大木はまだわからないらしくて首をかしげている。

「ほら、だって『いちにち』と『いちねん』だったら、『ち』という文字は一日にはふたつあるけど一年にはひとつしかない

だろ？」

元《げん》は夢羽《むう》の書いた文字の「ち」という文字に丸く印を付けていく。ようやく大木《おおき》もわかったようだ。

「そうかそうか。ひらがなにするんだ！」

「そう、どうしたんだ？　クイズ番組か何か⁇」

夢羽が聞くと、元と大木は同時に首を横に振《ふ》った。

「ゲームだよ。ほら、この前隣《となり》のクラスのやつがゲーム機持ってきて没収《ぼっしゅう》されただろ？あれでやれるゲーム。今、大流行してるんだ。西崎《あかねざき》はゲームとかする？」

しないだろうなと思いながら聞くと、案の定彼女《かのじょ》は首を横に振った。

「一度も⁇」

「うん、一度も」

「へぇ――――‼」

「へぇぇぇぇぇ――――！」

元と大木が声をそろえて言うと、それを聞きつけて瑠香《るか》がこっちを振りむいた。

「どうしたの⁉　またばかみたいなこと聞いて夢羽《むう》にあきれられてるんじゃないの⁇」

まったく、どうしてこう生意気なことばかり言うんだろう。ルカ王女そっくりじゃないか。

元《げん》と大木《おおき》は顔を見合わせ、くすっと笑った。もちろん、それを見逃《みのが》す瑠香《るか》ではない。

「何よ、何がおかしいのよ‼」

うわっ‼　やっべぇー‼

元と大木は目を見合わせ、大あわてで言いつくろった。

「い、いや、オレたちがやってる『勇伝《ゆうでん》』に出てくる王女さまがルカって名前だからさ。そのこと思い出しただけだよ」

「そ、そうだよ。それだけだよ」

うんうん、まちがいではない。ただし、王女がどんな性格《せいかく》なのか、ルカという名前をつけたのは自分たちだというのは内緒《ないしょ》である。

でも、瑠香は王女の名前だというのを知って、すぐに機嫌《きげん》を直した。

「ふぅーん、それっておもしろいの？　よく宣伝《せんでん》してるよね」

「あ、ああ、いやぁ、どうだろうな。それほどでもないよなぁ？」

ゲームを瑠香《るか》がやるとすぐばれてしまう。元《げん》はわざととぼけてそう答えた。

「う、うん、そうでもないかなぁ」

大木《おおき》も同じように言うと、瑠香は怪《あや》しいなという顔をした。

「あれでしょ？　隣《となり》のクラスの守口《もりぐち》くん、この前それ持ってきてて先生に没収《ぼっしゅう》されたんでしょ??」

「あ、ああ、そうだと思うな」

「ふーん、男子ってなんでそんなに夢中《むちゅう》になるのかな。しかも何時間も。時間もったいないじゃん」

瑠香が言うと、冴子《さえこ》もうんうんとうなずいた。

「人生はもっと有意義《ゆういぎ》に使わないとね！」

「そうよそうよ。ばっかみたい！」

ふたりはケラケラ笑いながら、元たちには背中《せなか》を向け別の話を始めた。

ちぇ、どういうんだ、あの態度《たいど》。頭にはくるけれど、元たちも勝手に瑠香の名前を使ったという負い目があるので何も言い返せなかった。

それにしても夢羽《むう》はすごい。すぐにナゾナゾ問題が解けるなんて。ほとんど考える時間なかったぞ。

彼女《かのじょ》はもう興味《きょうみ》をなくしたようで、また頬杖《ほおづえ》をついて窓《まど》の外をぼんやり見ていた。

大木《おおき》たちには言ってなかったが、もし、勇者のなかに頭脳明晰《ずのうめいせき》な美少女魔法使《まほうつか》いなんていうキャラがいたら、絶対《ぜったい》にムウと名付けようと決めていた。

出てこないかなぁ。魔法使いは絶対出てくると思うのだが、男の子かなぁ……。

今のところは、主要キャラにはいなかった。

- - - - - - - - - - - - - -

「腹減《はらへ》ったなぁ……」

オオキは二言目にはそう言って、情《なさ》けなさそうな顔をする。

ゲンも少しお腹《なか》が減《へ》ってきていたので、「じゃあ、そろそろ昼めしにするかぁ！」と言った。

とたんに、オオキの目がキラキラと輝《かがや》く。

- - - - - - - - - - - - - -

ここは三つ目の村オーゴマル近くの塔《とう》。村の農作物を全滅《ぜんめつ》させてしまったという悪い魔女《まじょ》が住んでいるらしい。

「まったく、食べ物をダメにするなんて絶対《ぜったい》にやっちゃいけないことだよな！」

食《く》いしん坊《ぼう》のオオキは怒《いか》りまくっていた。

ふたりがこの村に着いた時、村人たちも病人のように元気がなかった。

村人たちに頼《たの》まれたふたりは塔に向かっていた。

ゲンもオオキも装備《そうび》がだいぶよくなっている。ゲンの装備は鉄製《てっせい》の軽量アーマー、鉄の盾《たて》に炎《ほのお》のロングソード＋2、オオキの装備は虎《とら》の腹巻《はらま》きに両手持ちのグレートクラブ＋2だ。

ふたりとも魔法《まほう》が使えないのでヒールポーションや携帯《けいたい》食料を持っていた。

塔の一階にいた敵《てき》を全滅させた後、二階へと続く階段《かいだん》の下で昼ご飯を食べることにした。

「ほいよ、これ」

オオキに焼きおにぎりサンドを渡《わた》す。焼きおにぎりのなかにとんかつが入ったかなりボリュームのあるご飯。一個《こ》でお腹《なか》いっぱいになるし、一時間くらいは持久力《じきゅうりょく》が大幅《おおはば》にアップするという優《すぐ》れた食料だ。

それに、なによりおいしい。

「オレ、これが一番好きかもしれない」

オオキはつくづくそう言いながら焼きおにぎりサンドを頬張《ほおば》った。

とんかつのなかにはチーズと薄《うす》切《ぎ》り豚肉《ぶたにく》、青葉が入っている。味はトンカツソース味。

焼きおにぎりの香《こう》ばしさととんかつのがっつりしたうま味がなんとも言えない。

ふたりは食事を堪能《たんのう》した後、塔《とう》の探索《たんさく》を再開《さいかい》した。すごくシンプルな作りの塔で、一番上まで吹《ふ》き抜《ぬ》けになっている。

二階までの階段《かいだん》だってむきだしだ。だから、落っこちそうでかなりこわい。

「気をつけて昇《のぼ》ろうぜ」

「おう、そ、そうだな……」

ふたり、おっかなびっくり昇っていくと、急に上からバサッバサッと大きな羽の音がした。

「うわぁぁ‼」

「ひぇっ‼」

ふたり抱《だ》き合《あ》ってその場にしゃがみこんだ。なんとか落下することは踏《ふ》みとどまったが、危《あぶ》なかった。

「オ、オオキ、重い」

オオキの下敷《したじ》きになっていたゲンが苦しげに言うと、オオキはよっこらせと立ち上がり、ゲンを引《ひ》っ張《ぱ》り起こした。

「なんだったんだろう？」

「例のコウモリかな……」

ふたりとも前後左右、そして上下を注意深く見た。

ブラッディマントという名前のコウモリ型モンスターで、表面はまっ黒なのに体の内側は血のように赤い。急降下《きゅうこうか》してきてのどに噛《か》みつき、相手が弱って気絶《きぜつ》するまで血を吸《す》うという恐《おそ》ろしいやつだ。

この塔《とう》に出るという話はあらかじめ聞いていた。やつの弱点は火だ。

「オオキ、火を！」

「あ、ああ‼」

オオキは持ってきたたいまつに火をつけた。

このたいまつはスイッチを入れるだけで火がつき、必要なくなったら火を消せばいいのですごく便利だ。

「ほらほらほら‼　どうだ」

オオキがたいまつを近づけると、やはりブラッディマントだった。「ギャッギャッ」と悲鳴をあげて遠ざかった。しかし、完全にあきらめたわけではなく、また舞《ま》いもどってきてゲンたちを狙《ねら》っている。これでは落ち着いて攻略《こうりゃく》もできない。

しかも一匹《ぴき》だけじゃない。塔《とう》の上にはもっとたくさんのブラッディマントたちが飛び回っているのが見えた。

4

「困《こま》ったなぁ……」

「そうだな。こういう時、飛び道具があればいいんだけどなぁ」

飛び道具というと、遠距離《えんきょり》まで届《とど》く魔法《まほう》や弓などの武器《ぶき》である。ゲンは剣《けん》、オオキはこん棒《ぼう》なので、両方とも近接武器《きんせつぶき》なのだ。

ふたりがため息をつきながら見上げていた時、目を引く光がブラッディマント目がけて一直線に飛んでいった。

その光がブラッディマントに命中!!

いや、光ではなく火だ。飛んでいったのは火の矢なのだ!!

たちまちブラッディマントの羽が火に包まれる。

「ギャッギャッギャッギャッ!!」

悲痛《ひつう》な叫《さけ》びをあげ、こっちに向かって飛んできた。

「うわ、わわわわ!!」

「あわわわわ!!」

ゲンとオオキはあわてて逃《に》げまくった。

その間も火の矢がひゅんひゅんと飛んできて、ブラッディマントを攻撃《こうげき》し続けた。

数発当たったところで、ようや

く敵《てき》は息絶《いきた》え、地面に落ちていった。

「やったぁ！」

「すっげえー‼」

ふたりは自分たちが倒《たお》したわけでもないのに、抱《だ》き合《あ》って喜んだ。

塔《とう》の上のほうにいるブラッディマントたちは「ギャッギャッ！」と叫《さけ》びながらこっちのようすを見ているだけで、襲《おそ》いかかってはこない。

たぶん上に行けば戦闘《せんとう》になるんだろうが、ここにいれば安全だろう。

ホッと一息ついたふたりは、矢を射《い》たのがだれなのかとあたりを見回した。

すると、柱の影《かげ》からすっとひとりの美少年が現《あらわ》れた。

マントを羽織《はお》り、薄《うす》いベージュの革《かわ》アーマーにブーツ、そして手には飾《かざ》りのついた立派《りっぱ》な弓。さらさらの髪《かみ》は薄茶《うすちゃ》色、銀縁《ぎんぶち》の眼鏡《めがね》をかけた少年はゲンたちを見てほほえんだ。

「よかった！　無事だったんだね」

「あ、ありがとう‼　おかげで助かったよ」

ゲンが礼を言うと、オオキも隣《となり》でうんうんとうなずいた。

「今はよかったんだけど……この後が問題なんだ」

少年は弓を背負《せお》い、矢を矢筒《やづつ》にもどしながら言った。

射手《アーチャー》かぁ。かっこいいなぁ‼

ゲンはほれぼれと少年を見た。

「オレ、ゲン。こっちはオオキ。この塔《とう》の魔女《まじょ》を倒《たお》しに来たんだけど、さっきのコーモリみたいなのが手強《てごわ》くて困《こま》ってたんだ。すごいなぁ！　その弓。ものすごい威力《いりょく》だ」

「ああ、あれは火に弱いからね。火矢を用意しておいてよかった。オレはセイジっていう。オレも魔女を倒しに来たんだけどね。さすがにひとりじゃ無理だろうから、きょうは偵察《ていさつ》だけのつもりだったんだ」

「そうかぁ。じゃあ、もしよかったらいっしょに行かないか？」

ゲンの申し出をセイジは喜んで受けた。

「オレも同じこと頼《たの》もうかと思ってたんだ。だけど、ここの魔女を倒すにはマジックシールドを手に入れないとダメだって話をトロルから聞いたんだけど、知ってる？」

ゲンもオオキも顔を見合わせ、同時に首を横に振《ふ》った。

セイジは肩《かた》をすくめた。

「そっかぁ。どうやらそうらしいんだ。そのマジックシールドで魔法《まほう》を跳《は》ね返《かえ》すことができれば、その時だけすきができる。攻撃《こうげき》のチャンスがあるとすればその時だけだろうって。あと、魔法で姿《すがた》を変えていても見破《みやぶ》れるんだって」

「ほんとか!?　そりゃそうとう強い敵《てき》だってことだなぁ」

「うんうん。何しろ、このあたり全部の農作物や木の実を腐《くさ》らせてしまうんだから、そうとうの力を持っているんだろうよ」

「それだよ、問題は‼　なんでそんなひどいことするんだろう？」

オオキが激怒《げきど》して言うと、セイジは首をかしげた。

「なんでだろうなぁ。まぁ、悪い魔女《まじょ》だから、みんなを困《こま》らせたいんだろうけど」

「ひっでぇなぁ‼」

「で、そのマジックシールドっていうのはどこにあるんだ？　どこかで買えるのか⁇」

　ゲンが聞くと、セイジはショルダーバッグのなかから地図を取りだした。

　それは塔《とう》の地下にあるという迷《めい》路《ろ》の地図だった。

「ちょっとむずかしそうなんだよな」

「すごい。完ぺき、迷路だ！」

「うん、しかもただ進めばいいってもんじゃないんだ」

「どういうことだ？」

「進む順番があるみたいなんだ。これがヒントなんだけどね」

セイジがもうひとつの紙を開いて見せた。森のなかにあるトロルの情報屋《じょうほうや》から買ってきたという。

なんだかおもしろそうじゃないか!?

ゲンたちは目を輝《かがや》かせ、迷路《めいろ》を見つめた。しかし、その前にゲンには確《たし》かめなければならないことがあった。

「ねぇ、ゲン、セイジももしかしたら勇者のひとりかもしれないよ。確かめてみたら?」

妖精《ようせい》ポポルがそう言ったからだ。


「ま、確かめるまでもなく、絶対《ぜったい》勇者のひとりなんだけどな!」

元《げん》はにやっと笑った。

「ああ、そりゃあねぇ。あの登場のしかたで美少年だろぉ!? そりゃそうだ」

大木《おおき》も大きくうなずいた。

弓の名手の美少年、彼《かれ》の手《て》の甲《こう》にしっかり勇者の印が現《あらわ》れた。

元《げん》は「セイジ」と名付けた。小林聖二《こばやしせいじ》の名前からとったのだ。

「あれはわりと簡単《かんたん》だったな！」

「うんうん。まぁ、実際《じっさい》に行くとなると大変だと思うけどな。悪い魔女《まじょ》の住む塔《とう》の地下なんて行きたくないだろ。しかも迷路《めいろ》になってるなんて。すっげぇ暗かったし」

「そうそう。順番にたいまつを灯《とも》していかないといけなかったんだよな」

「オレ、途中《とちゅう》でたいまつ切れちゃってさぁ。村まで取りにもどったからすっげー時間かかった。弓使いの火矢でつけられないってのがおかしいと思うんだ」

「うっそ、やり直しかよ‼」

翌朝《よくあさ》、元たちが迷路の話をしていると、夢羽《むう》が興味《きょうみ》を示《しめ》した。

「迷路？」

彼女《かのじょ》がそう聞くと、元はうれしくて顔がニマニマしてくる。それに気づかれないよう必死に我慢《がまん》した。

「うん、しりとりの迷路《めいろ》になってるんだ」

「しりとり？」

「そうそう、たとえばこんなふうになっててさぁ」

元《げん》はそう言って簡単《かんたん》な迷路《めいろ》を書いてみせた。

「あぁ、なるほど。しりとりの順番に進んでいくんだな。それはどうやってわかるの？」

「え⁇」

「だって、別にこういうふうにまっすぐ進むことだってできるだろ？」

すぐそこに気づくとはさすが夢羽《むう》だ。元はたいまつを順番に灯《とも》していかないと宝箱《たからばこ》のある部屋のドアが開かない仕掛《しか》けになってることを説明した。

すると、夢羽はますます楽しそうな顔で

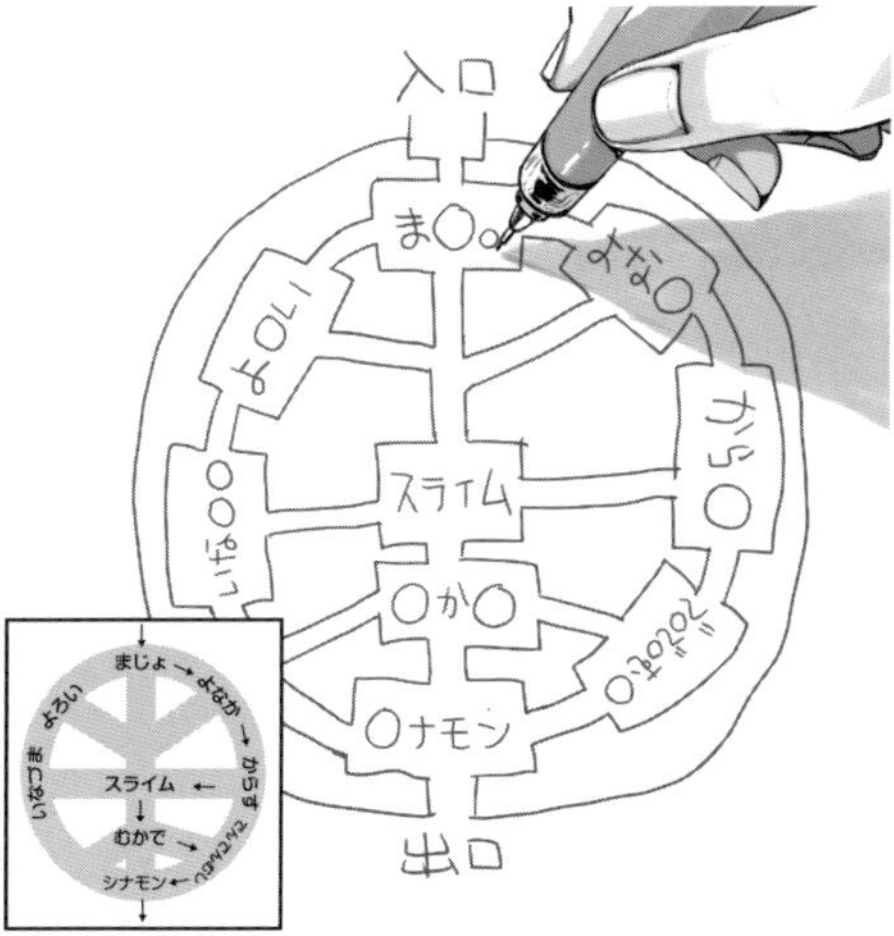

言った。

「へぇー！　そういうゲームやったことないけど、なぜその悪い魔女《まじょ》の塔《とう》の地下にわざわざ彼女《かのじょ》の対策《たいさく》用アイテムが置いてあるんだろうね」

「え⁇」

そんなこと疑問《ぎもん》に思ったことがなかったので、元《げん》も大木《おおき》も顔を見合わせた。

すると、小林《こばやし》がぷっと吹《ふ》きだした。

「たしかにね。それは言えてる。こういうのって、あんまり考えずにやってるからなぁ。ま、それ言ったらさ、ある朝いきなり王様に呼《よ》ばれて、おまえは勇者だから国を救えって言われて、ほいほい出かけていくっていうのも変じゃないか？　いきなり剣《けん》持ってモンスターと戦うんだぜ？　よく親が許《ゆる》すと思うよ」

「ほんとだほんとだ‼」

「あっはっははは、うちとか絶対無理」

「ふつう、無理だろ」

元は笑いながらふと廊下《ろうか》のほうを見た。

ちょうど隣《となり》のクラスの守口《もりぐち》が通りかかったのが見えたからだ。

この前、携帯《けいたい》ゲーム機を学校に持ってきて没収《ぼっしゅう》されてた子だが、あの後どうしたんだろう。親にこっぴどく叱《しか》られたんだとしたらかわいそうだなぁ。

元《げん》はぼんやりとそんなことを考えた。

★守口秀生《もりぐちひでお》の意外な日常《にちじょう》

1

その日の帰り道のことである。

いつものように大木《おおき》と小林《こばやし》と途中《とちゅう》までいっしょに帰り、それぞれの家に帰るため途中で分かれた。きょうもふたりとも用事があって集まれないということだった。

元《げん》は歩きながらも頭のなかはもちろんゲームのことでいっぱいだ。

早く帰って続きがやりたいけれど、春江《はるえ》が家にいたらそう簡単《かんたん》にはいかないだろう。

まったく。どうやったら心静かに思《おも》う存分《ぞんぶん》ゲームができるんだろう⁉

元は頭をひねってあれこれ考えてみた。先に宿題や風呂《ふろ》をさっさとすませ、食器を運ぶとかちょっとした手伝いでもすれば、春江も文句《もんく》を言わないだろうに、なぜかそれだけは考えつかない。

部屋で勉強をしているふりをしながらなんとかゲームができないか、その方法をあれこれ考えていた。

春江《はるえ》は絶対《ぜったい》にドアをノックとかしないで、バッと開ける。つまり階段《かいだん》を昇《のぼ》ってくる音に気づけばいいんだ。

昔、忍者《にんじゃ》は敵《てき》の侵入《しんにゅう》にいち早く気づけるよう、あたりの森に糸を張《は》り巡《めぐ》らしていた。糸に触《ふ》れるとカランカランと木が鳴る仕組みにしていたのだ。ミシミシわざと鳴るように設計《せっけい》された「うぐいす張《ば》り」と呼ばれる床もあったそうだ。

これからそんな仕《し》掛《か》けを作るわけにもいかないし……。

そうか！　階段のところにベビーモニターを置いたらどうだろう⁉　ベビーモニターというのは赤ちゃんの近くに置いておき、もし泣きだしたりしたらすぐ駆けつけられるよう、音をモニターしておける機械だ。亜紀《あき》が生まれた時に使っていたからどこかにまだあるはず。

あれを階段のどこかにさりげなく置いておけばいいんじゃないだろうか⁉　そうか、階段のステップの側面にテープで貼《は》りつければいいかも。

元《げん》がベビーモニターを探《さが》してみようと思った時、守口《もりぐち》にばったり出くわした。

「あっ！」

「おっ‼」

隣《となり》のクラスだというだけで、初対面じゃないのにどこか人見知りしてしまうのはなぜだろう。

守口は照れくさそうに笑うと、「うんうん」と小さくうなずいた。

元も同じだ。

気になってたあのことを聞いてみたかったが、さすがにそれは聞きにくい。

「あの、あのさぁ。オレもやってるんだ、『勇伝《ゆうでん》』」

とりあえず元がそう言うと、守口は「ああ……」とすぐに察した。

「この前、しくっちゃってさ。どうしてもいいところまででセーブしておきたくって。別に学校でゲームしたかったわけじゃなくて、セーブだけしたかったんだよ」

「ああ、わかるわかる」

『勇伝』は決まったところでしかセーブができない。そこまで一度もどってセーブして終了《しゅうりょう》する必要があるのだ。

「めぐみ先生に怒《おこ》られた？」

元《げん》が聞くと、守口《もりぐち》は肩をすくめた。

「いや、そんなでもなかった。で？　どこまで行った？」

「魔女《まじょ》の塔《とう》に入ったとこかなぁ」

「そうかぁ……。ま、ふつう、そんなにできないか」

その先まだまだ長いんだぞという言い方だった。そういえば、彼《かれ》の家は放任主義《ほうにんしゅぎ》だから、いくらでもゲームができるという話だった。うらやましいかぎりだ。

「オレもいっぺんでいいから思いっきりゲームしたいよ」

元《げん》が心の底からそう言うと、守口《もりぐち》がニコッと笑った。

「じゃあ、うち来るか⁇　いくらでもできるぜ」

「え？　ほ、ほんとに⁇　いいの⁇」

びっくりして聞いた元に守口はもう一度にっこり笑ったのだった。


いったん家に帰り、ランドセルを置くと、元は春江《はるえ》に捕《つか》まらないうちにと携帯《けいたい》ゲーム機を持ってあわてて外に出た。

守口の家はギンギン商店街のほうだ。銀杏《いちょう》が丘銀座《おかぎんざ》、略して「ギンギン商店街」という。

八百屋さん、クリーニング店、肉屋さん、洋食屋さん、写真屋さんなどいろんなお店が並《なら》んでいる典型的な商店街。

守口のマンションはその商店街の途中《とちゅう》から脇道《わきみち》にそれ、少し行ったところに建っていた。

きょうも晴天だったが、ようしゃなく風が吹《ふ》いている。

枯《か》れ木立《こだち》の並ぶ道を自転車で走っていくと、耳がちぎれそうに冷たくなった。

「おう、こっちだこっちだ‼」

守口《もりぐち》はマンションの前で待っていてくれた。

「こっちに自転車置き場あるからさ。どこでもいいから停《と》めといて」

「わかった！」

自転車を置くと、守口の後についていく。古いエレベーターに乗って六階で降《お》りた。

このマンションは十階まであるようだ。

外廊下《ろうか》を歩いていく。知らない家に行くというだけでドキドキするもんだ。不思議なことに空気までちがって感じる。

「どうぞー」

ベージュに塗《ぬ》られたドアを開き、守口が招《まね》き入《い》れてくれた。

玄関《げんかん》にはビニール傘《がさ》がたくさん刺《さ》さった傘立てが置いてあって、まだ読まれていない新聞も山積みになっていた。

靴《くつ》もたくさん置いたままで、生活感があるというより少し荒《あ》れた感じがした。

「散らかってるけど気にするな。こっちだ！　こっちはだいぶましだからさ」

守口《もりぐち》が奥《おく》のほうから呼ぶ。行ってみると、リビングルームとダイニングキッチンがあった。たしかにこっちはきれいだ。

「なんか飲む？　コーラもあるけど」

キッチンの冷蔵庫《れいぞうこ》を開けながら守口が聞いた。

「うん、じゃあコーラでいいよ」

「おっけー。適当《てきとう》に座《すわ》ってなよ」

「わかった」

革《かわ》のベージュ色のソファーに座り、物珍《ものめずら》しげにキョロキョロしていると、守口がポテトチップスの大きな袋《ふくろ》とコーラをふたつ持ってきた。

「ほい！」

「あ、ありがとう！」

「勝手にゲームやっててていいよ。オレ、ちょっと用事してくるから」

「え？　あ、ああ……ごめんな、忙《いそが》しかったんじゃないのか？」

元《げん》が遠慮《えんりょ》すると、守口《もりぐち》は全力で首を横に振《ふ》った。

「そんなことないよ。毎日やってることだし、そんなこと気にするなって!」

「そ、そっか。わかった」

じゃあまぁ遠慮なく……と、元はゲームを始めた。

2

しりとり迷路《めいろ》で手に入れたマジックシールド。銀色に光っていて、こった草のもようがほどこされたきれいな盾《たて》だった。

「これ、どうする?　セイジが情報《じょうほう》仕入れてきたんだから、おまえ持てよ」

ゲンがそう言ったがセイジは首を横に振《ふ》った。

「いや、オレはどうせ弓使う時じゃまにしかならないからさ。おまえ持っててていいよ。オオキは両手持ちのこん棒《ぼう》だしね」

「そっか、じゃあそうさせてもらう」

今まで持っていた鉄の盾《たて》をやめ、マジックシールドを装備《そうび》した。うん、軽い！　圧倒的《あっとうてき》に持ちやすい。しかも、どうやら防御《ぼうぎょ》力も鉄の盾より高いようだ。

その後もモンスターが出てきたり罠《わな》があったりしたが、ついに最上階の五階まで昇《のぼ》っていくことができた。

「そろそろ出てきてもいいんじゃないかなぁ」

「そうだな。気を引き締《ひし》めていかないと」

「うんうん、注意しよう」

ゲンひとりで始めた冒険《ぼうけん》だったが、今や三人になっている。なんて心強いん

だろう⁉

何か出てきても三人で力を合わせて戦うことができるし、難問《なんもん》が出てきてもみんなで相談し合える。

仲間っていうのはいいもんだなぁ……と、ゲンはつくづく思った。

「うーん、どうやら……この奥《おく》だと思うんだが……」

セイジは自分の描《か》いたマップを見ながら言った。

しかし、扉《とびら》らしきものはどこにもない。

「おかしいなぁ……」

「隠《かく》し扉かなぁ？」

「ああ、それかも。調べてみよう‼」

「おう‼」

全員で怪《あや》しそうな壁《かべ》を調べて回った。

「あ、……これなんだろう？」

オオキが見つけたのは、壁のまんなかにあり、それぞれ「A」「B」「C」

「D」「＋《プラス》」「－《マイナス》」という記号が書かれた六枚のプレートだった。記号の描《か》かれた部分は押《お》せるようになっている。

「適当《てきとう》に押してみるか？」

　オオキがさっそく押そうとすると、ゲンもセイジもあわてて止めた。

「だ、だめだよ！」

「そうだそうだ。へたしたら、なんか罠《わな》とか作動するかもしれないだろ」

「そ、そうだけど……」

「これは絶対《ぜったい》に何か謎解《なぞと》きになってるはずだ」

ゲンが言うとセイジも賛成《さんせい》した。

「そうだよ。今までもこういう時はナゾナゾかクイズで解けたはずだ。これが問題なのかも」

「でも何なんだよ。これじゃ何の問題かもわからないだろ？」

オオキがほっぺをふくらませる。

ゲンはまわりを見回して、ハッと息をのんだ。

「いや、ちがう‼　これは問題じゃない‼　あれ、見て‼」

「え？　なになに⁇」

「なんだ⁇」

そう聞くセイジとオオキ。ゲンが指さしたのは、最上階から見下ろした一階の地面である。

「あの『?』が何か答えればいいんだろうけど、うーん……円の直径がわかればいいんだろうけど」

ゲンが言うとオオキが訂正《ていせい》した。

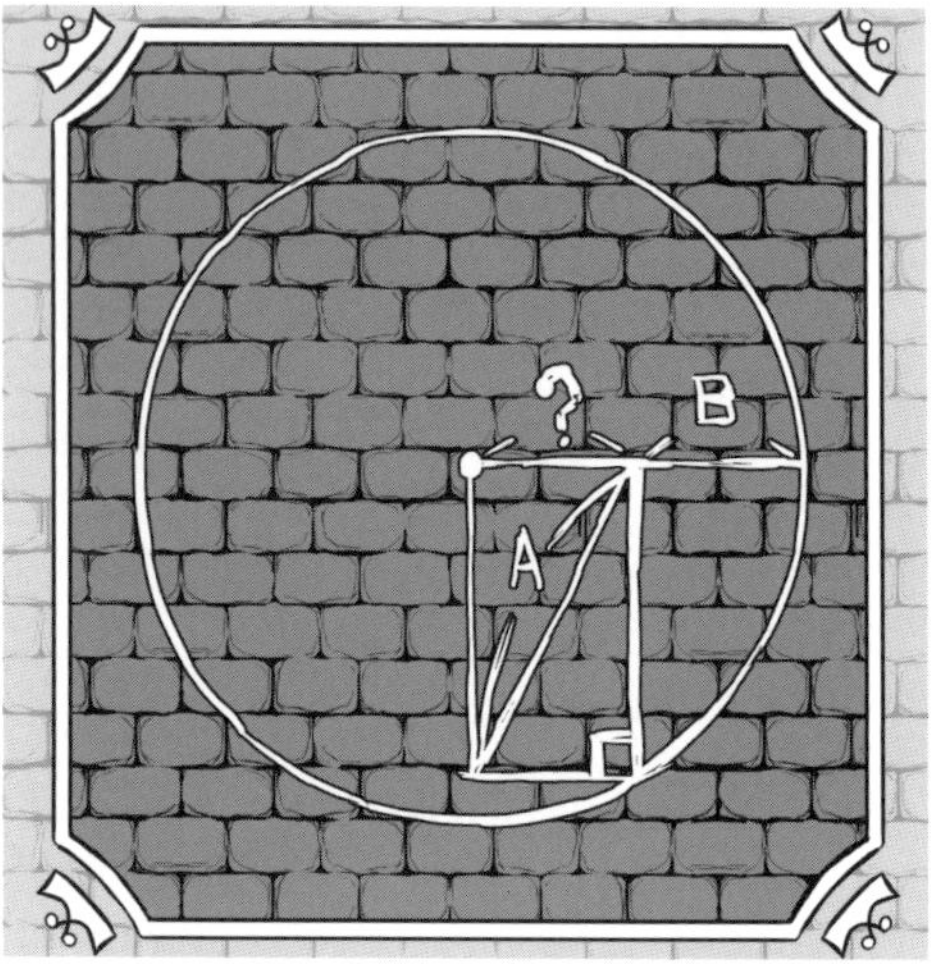

「直径？　いや、半径だろ」

「あ、そっかそっか。半径だ」

「あの長方形の対角線がわかってるんだから、あの直角三角形の短い辺の長さってわかるんじゃないのか？」

「うーん、なんだっけ……？」

「なんだっけ……」

ふたりが首をかしげていると、セイジが急に笑いだした。

「はははは、そんなむずかしいこと考えなくたって簡単《かんたん》だよ‼」

「え⁉」

「そうなのか？」

不思議そうにしているゲンたちにセイジが説明した。

「だって、あの対角線＝《イコール》円の半径だろ？」

「え⁇　そうなのか？　あ、あああ！　そっかそっか」

「なんだぁぁぁ」

ゲンもオオキも脱力《だつりょく》してしまった。こういう問題はわかってしまえばものすごく簡単でばかみたいに思えるものだ。

「じゃあ、答えは『A』『－《マイナス》』『B』ってことか」

「そうだな。じゃあ、ゲン押《お》してみてくれ」

「わ、わかった」

答えがわかっていても、いざ押そうと思うとドキドキする。本当にいいんだろうか？

みんなが注目するなか、ゲンは一度深呼吸《しんこきゅう》してから壁《かべ》のプレートを押した。

「A」「－」「B」……。

するとどうだろう⁉

今までただの壁《かべ》だったところに扉《とびら》がぼわわん！　と現《あらわ》れたではないか⁉

「やった‼」

「やったやった‼」

「すっげぇー‼」

三人抱《だ》き合《あ》って、その場でぴょんぴょんジャンプした。

その音がうるさかったのかもしれない。今、現れたばかりの扉の向こうでガタンと音がした。三人はその場で固まり、顔を見合わせた。

や、やばい‼　悪い魔女《まじょ》に気づかれたか⁉

抱き合ったまま固まっている三人の目の前でギギギッと扉《とびら》が開かれた。なかから現れたのは……小さな光る星がついた紫色《むらさきいろ》のとんがり帽子《ぼうし》をかぶった小さな女の子だった‼

ピンクがかった薄紫《うすむらさき》色の長い髪《かみ》はぼさぼさ。

ぶかぶかの服を着た彼女《かのじょ》は銀色に光る杖《つえ》を持って現れた。杖の先にも星がついていて、くるくると回っている。

あきらかに魔女《まじょ》！　でも、悪い魔女にはとても見えないくらいにかわいらしい。

いや、かわいいというより美しい。

透《す》き通《とお》るような白い肌《はだ》で頬《ほお》はほんのりピンク色、大きな瞳《ひとみ》の下には星形の印が白く光っている。

「え⁇」

「お、おい‼」

「う、うそぉお⁉」

ゲンたちはまたまたびっくりしてしまった。

なぜなら、その目の下にあった印は……どう見ても勇者の印と同じだったからだ。

つまり……。

「この子も勇者のひとりなのか⁉」

「悪い魔女じゃなくて？」

「オレたちの仲間ってわけ⁇」

三人とも目をまん丸にしたままつぶやいた。

とんがり帽子《ぼうし》の女の子は不思議そうに首をかしげ、口を開いた。

「おまえたち、ここに何の用だ⁉」

3

夢中《むちゅう》になってゲームをやっていたもんだから、ふと気づくと一時間近くたっていて、元《げん》はびっくりしてしまった。

冬は日が落ちるのが早い。マンションの窓《まど》から差しこむ光がすっかり夕方の色をしていたのであわててしまった。

でも、壁《かべ》にかかっている丸い時計を見てホッとした。まだ五時前だったからだ。五時に帰れば問題ない。

それにしても、守口《もりぐち》は何をしてるんだろう？ ……と思って見ると、キッチンのほうから音が聞こえてきた。

「ああ、ごめんな。きょうはいろいろあってさぁ」

元《げん》がのぞきに行ってみると、彼《かれ》は野菜を刻《きざ》んでいるところだった。

「お、おまえ、料理とかすんの⁉」

びっくりして元が聞くと、彼は照れくさそうに笑った。

「うん、まぁな。オレんち、共働きなんだ。母《かあ》さん、帰ってくるの遅《おそ》いし」

「そうなんだ。何やってるの？」

「看護師《かんごし》だよ。きょうは夜勤《やきん》の日だからなぁ、あしたの朝帰ってくる。父《とう》さんも最近ずっと残業ばっかかで夜は九時頃《ごろ》帰ってくるんだ」

「そっか、だから、おまえ自分で料理してるんだ……大変だなぁ」

「いや、そんなことないよ。なれてっから」

そんな話をしている時、ピッピッピッと電子音が廊下《ろうか》のほうからした。

「おっと、洗濯《せんたく》が終わったみたいだな。杉下《すぎした》、おまえ、ちょっとこの鍋《なべ》見ててくれるか？」

「え？　あ、ああ……わかった」

鍋《なべ》の中味は味噌汁《みそしる》のようだった。ネギや豆腐《とうふ》が見える。

お玉でかきまわしてみたりしながら待っていると、守口《もりぐち》が洗濯物《せんたくもの》をたくさん抱《かか》えてもどってきた。

「あ、もう火止めていいよ。ごめんごめん」

「いや、いいけど……」

元《げん》が火を止め、リビングにもどってみると、守口は洗濯物を干《ほ》していた。

「今、干すのか⁇」

「ああ、ほんとは朝干したほうがいいんだけどな。きょうは無理だったからさぁ」

「そっかぁ。すげぇなぁ、おまえ」

「そっか？　ま、その代わりにゲームだって好きにできるしさ」

守口はパッパッと手早く洗濯物を広げながら笑った。

「たしかに！」

料理や洗濯をしなければならないのは大変だと思うけれど、好きな時に勉強して好きな時に遊んで、好きな時に寝《ね》たり風呂《ふろ》入ったりできるのは最高じゃないか。

「ま、だからさ、いつだってうち来ていいぜ。好きなだけゲームしてけばいいし」

彼《かれ》はそう言うと、白いシャツをハンガーにかけた。

「わ、わかった！　今度、大木《おおき》や小林《こばやし》も連れてきていいか？」

「もちろん‼」

守口《もりぐち》はうれしそうにうなずいた。

よかった！　どんなやつかよく知らなかったけど、すっごくいいやつじゃないか。友達になれそうだ……というか、もう友達だよな！

守口は洗濯物《せんたくもの》を干し終えると、携帯《けいたい》ゲーム機を持ってきた。

「よーし！　オレもやろうっと」

でも、元《げん》はもうそろそろ帰らないと春江《はるえ》に怒《おこ》られる。

「あ、でも、オレ……帰らないと」

そう言って帽子《ぼうし》をかぶると、守口《もりぐち》は少しだけさびしそうに「そっか」と言った。そして、

「ごめんな。毎日洗濯するわけじゃないし、今度はいっしょに遊ぼうぜ」

と、付け加えた。

「うん、もちろん‼　じゃあな、ありがとう‼」

元はニカッと笑って、彼《かれ》の家を後にしたのだった。

翌日、その話を小林《こばやし》や大木《おおき》にすると、ふたりとも喜んでいっしょに遊びに行くと言った。

そして、何度かいっしょに行って遊んだりもしたのだが、守口はいつも家の用事をやっていた。

おやつ代わりに焼きそばを作ってくれたこともあった。肉は焼きすぎで固かったし、

麺《めん》ものびてしまっていて、お世辞にもおいしいとは言えなかったが、それでも自分で作るという点がすごい。

みんなで帰りながら、その話になった。

「すごいよなぁ、守口《もりぐち》」

大木《おおき》が心底感心したように言うと、小林《こばやし》も深くうなずいた。

「うんうん。オレもたまには料理くらい手伝うけど、毎日はできないよ」

「自立してる男って感じするよな」

「そうだな。意外だったなぁ！　あんなやつだとは思わなかった。ぜんぜん偉《えら》そうにしないし」

大木たちも守口と仲良くなってくれたので元《げん》は心からうれしかった。

しかし、その彼《かれ》がとんでもない事件《じけん》に巻《ま》きこまれてしまったのである……。

「わたし、体育の授業《じゅぎょう》の前まで絶対《ぜったい》持ってたんだもん」

隣《となり》のクラスの女子、光谷瑛里沙《みつやえりさ》が鼻をふくらませた。

髪《かみ》は高い位置でふたつ結びにして、赤いタートルネックのセーターを着ている。細くてつりあがった目が今にも泣きそうだ。ペンダントがなくなったのだ。

「うんうん、瑛里沙《えりさ》のペンダント、わたしも見たよ」

彼女《かのじょ》の友達の西条茉莉《さいじょうまり》が言うと、光谷《みつや》は「だよね？　勘《かん》ちがいじゃないよね？」と息《いき》巻《ま》いた。

「で、体育の授業中、瑛里沙の席の近くで守口《もりぐち》くんがゴソゴソしているの、浜田《はまだ》さん、見たんだよねぇ？　それは確《たし》かなこと？」

西条に聞かれ、浜田瀬利奈《せりな》はあわててうなずいた。

「うん、忘《わす》れ物《もの》取りに教室もどったら、守口くんがひとりだけいたんだ。しゃがみこんで何してるんだろう？　って不思議に思ったんだよね。でも、声かけずに出てったの」

「それ、瑛里沙の席の近く？」

まるで探偵《たんてい》気取りの西条が畳《たた》みかけるように聞くと、浜田は再《ふたた》びうんうんとうなずいた。

「そうだよ」

「何してたの？」

　そう聞かれ、守口《もりぐち》はボソボソした声で答えた。

「消しゴム、落としたみたいで探《さが》してたんだ」

「それで？　見つかったの？」

「うん、見つかったよ」

「へぇー」

　と、言いながら、みんな疑《うたが》わしそうな目だった。

　とはいえ、これ以上追及《ついきゅう》するわけにもいかない。決定的な証拠《しょうこ》がないからだ。

「瑛里沙《えりさ》、お母さんのダイヤモンドのペンダントだって言ってたじゃん。だいじょうぶなの？　めぐみ先生に相談したほうがいいんじゃない？」

「そうだよぉ。どうするのよ」

西条《さいじょう》たちに言われたが、光谷《みつや》は首を横に振《ふ》った。

「だめだよぉ。だってダイヤモンドのペンダント、学校になんで持ってきたんだって、逆《ぎゃく》に怒《おこ》られるもん」

「まぁねぇ……それはそっかぁ……」

結局、そんなふうにダイヤモンド行方不明事件《じけん》はうやむやのままになってしまった。

もちろん、瑛里沙《えりさ》たちがそれですませるわけがない。

「取ったんなら取ったって正直に言えばいいじゃない！」

「そうだよ。男らしくないよね」

「守口《もりぐち》くんて、この前もゲーム機持ってきたりして先生に怒られたばかりだよね。不良なんじゃないの？」

「瑛里沙がかわいそうだよぉ！」

などと、守口は濡《ぬ》れ衣《ぎぬ》を着せられたままチクチクと嫌味《いやみ》を言われていた。

そのことを元《げん》たちも知ることになった。

きょうも守口《もりぐち》の家に行こうと隣《となり》のクラスをのぞいた時、彼《かれ》が何か探《さが》し物をしていたからだ。

元《げん》たちが呼《よ》ぶと廊下《ろうか》に出てきたのだが、そこに瑛里沙《えりさ》たちがやってきて、わざと聞こえるような大声で嫌味《いやみ》を言ったからだ。

「なんだ、それ‼　とんだ濡《ぬ》れ衣《ぎぬ》じゃねーか！」

元は頭にきた。それじゃ守口がかわいそうすぎる。あっちも確《かく》たる証拠《しょうこ》がないから嫌味を言うしかないんだろうけど。

憤慨《ふんがい》していると、夢羽《むう》が瑠香《るか》と歩いてくるのが見えた。

「あ、茜崎《あかねざき》‼」

元は思わず大きな声で彼女《かのじょ》を呼んだ。

守口の潔白《けっぱく》を証明《しょうめい》してもらうには、夢羽

になんとかしてもらうしかないだろうと思ったからだ。小林《こばやし》も大木《おおき》も夢羽《むう》なら解決《かいけつ》するだろうなぁという顔になった。

それだけ彼女《かのじょ》の信頼《しんらい》は厚《あつ》いのだ。

4

「なるほど。それは嫌《いや》な状態《じょうたい》だな」

事情《じじょう》を説明され、夢羽は腕組《うでぐ》みをした。

華奢《きゃしゃ》な彼女がそんな生意気な態度《たいど》をとっても愛らしいだけだ。

守口《もりぐち》も夢羽の噂《うわさ》はもちろん知っていたが、実際《じっさい》に話すのは初めてなので興味深《きょうみぶか》そうに見ていた。

放課後、生徒はもういない。がらんとした教室にもどった元《げん》たちは、守口のクラスを珍《めず》しそうに見回した。

ずらっと並《なら》んだ机《つくえ》と椅子《いす》……。後ろの壁《かべ》には習字の作品が貼《は》られ、窓際《まどぎわ》には元たちのクラスと同じように水槽《すいそう》が置かれ、赤いメダカが飼《か》われている。窓から差しこんだ光が水に反射《はんしゃ》しているのか、きらきら光っていた。

ほとんど同じような作りの教室だというのに、なんだかすごくちがう気がする。

「ちがうクラスって、どっかちがう気がするよね。ほとんど同じなのに」

瑠香《るか》も同じように感じたんだろう。キョロキョロしている。

「で、そのペンダントを落としたという子の席は？」

夢羽《むう》が聞くと、守口《もりぐち》が「こっちだよ」と歩きながら指さした。

それは元《げん》や夢羽が並《なら》んで座《すわ》っている席とほぼ同じ位置。つまり窓際《まどぎわ》である。

「なるほど。このあたりは全部探《さが》してみた

の？　落としたっていう可能性《かのうせい》だってあるだろう」

「うん、そりゃあもちろん。よっぽど大切なものだったらしくて、光谷《みつや》は必死に探し回っていたよ。ランドセルのなかや机《つくえ》のなかや、自分の服のポケットとかこの辺一帯。友達もいっしょに探したからね。見落としはないはずなんだけど……」

と言いつつ、守口《もりぐち》はそれでも見落としがないか、探していたんだろう。

まったく、とんだ災難《さいなん》だよな！

元《げん》は心から同情《どうじょう》して自分もあちこち見てみた。大木《おおき》たちも同じで、全員でキョロキョロしている。

「そんなダイヤのペンダントなんて学校に持ってくるほうが悪いよ」

瑠香《るか》は怒《おこ》りながら探《さが》している。

「まぁ、自慢《じまん》したかったんだろうなぁ」

と、小林《こばやし》。

夢羽《むう》は顎《あご》に手を置き、守口に聞いた。

「体育の時、ここで女子は着替《きが》えるんだよね？」

「ああ、そうだよ」

「そうか……で、光谷《みつや》さんは体育の授業《じゅぎょう》前には持《も》ってたけど、終わった時にはなかったって言ってたんだね？」

「うん」

「それ、変だね」

「変⁇」

みんなが夢羽《むう》に注目した。

彼女《かのじょ》は光谷の机《つくえ》に手を置き、周囲をゆっくりと見回す。

「彼女はペンダントを首にかけたままだったのか、あるいは大事なものだからどこかにしまっておいたのか。そのことを言ってない」

「そっか！　体育の授業前にはつけてたのに、なくなっていたって言ったわけじゃない」

瑠香《るか》が言うと、小林《こばやし》が補足《ほそく》した。

「そうだね。授業前にしまっておいたのに、終わった時にはなくなっていたと言ったわけでもない」

「そう、ここが重要なんだ。わたしが思うに、彼女《かのじょ》はお母さんの大切なダイヤのペンダントを勝手に持ちだした。もし、体育の授業前にちゃんとはずしてどこかにしまっておいたのなら、そう言うはずだ。それなのにないってなれば、それはもうだれかに盗《ぬす》まれたんだろうってことになるからね。先生や親に言われても、ちゃんと説明できるだろう。でも、そう言ってないってことは……」

「授業中もつけてたんだ‼」

元《げん》が言うと、夢羽《むう》はうなずいた。

「もしくは、はずすのを忘《わす》れたのか……。とにかくつけていたか、つけているつ、い、いもりだったか」

「つけているつ、い、いもり⁇」

「そう。彼女、さっき見たらタートルネックのセーター着てただろう？　ああいうのは脱《ぬ》ぐ時、首に襟《えり》が引っかかることが多い。もし、その時ペンダントも引っかかったら取れたりすることもあると思う」

すると、瑠香《るか》が大きくうなずいた。

「あるある！　わたしもこの前、ペンダントの鎖《くさり》が取れちゃったもん」

「その時すぐ気づいた？」

「ううん、気づかなかったんだよね。ママが掃除《そうじ》してた時、床《ゆか》に落ちてたのを見つけてくれたんだ」

「なぜ瑠香は見つけられなかったの⁇」

「部屋の隅《すみ》っこに転がってたからだと思う」

その答えに夢羽《むう》は満足そうにうなずいた。

「じゃあ、彼女《かのじょ》も着替《きが》える時にペンダントが落ちてしまったのに気づかなかったってことかなぁ。で、どっかに転がってった……」

元《げん》が言うと、夢羽はもう一度うなずいた。

「そういう可能性《かのうせい》もあるってことだな」

「でも、みんなで探《さが》したんだろう？」

元が聞くと、守口《もりぐち》はため息をついた。

「そうなんだよな。オレもいろいろ探《さが》したんだけど……」

「こういうのって探すとないよね。忘《わす》れた頃《ころ》にひょっこり出てきたりするでしょ」

瑠香《るか》は床《ゆか》を見ながらそう言った。

しばらくみんなで探していたが、やっぱり見つからない。

「ごめん、ありがとう。いいよ、またあした探すから」

守口《もりぐち》が眉《まゆ》をへの字にして言う。

みんなに迷惑《めいわく》をかけてすまないと思っているんだろう。元《げん》たちにもそれがわかって、たまらない気持ちになった。

「まだ時間あるし、いいよ」

元が言うと、

「ぎりぎりまで探《さが》そうぜ。みんなで探したほうが効率《こうりつ》いいし」

と、小林《こばやし》も言った。

「ありがとう。オレ……」

守口《もりぐち》が何か言いかけた時だ。

「見つけた！」と夢羽《むう》が言った。

みんなが注目するなか、彼女《かのじょ》は天井《てんじょう》を指さした。

天井⁉

不思議そうに見上げる彼《かれ》らの目に映《うつ》ったのは、天井にキラキラとゆれる小さな光だった。

5

「夢羽、どういうこと⁉」

そう聞く瑠香《るか》には答えず、その代わりにまっすぐ窓際《まどぎわ》の水槽《すいそう》に近づいていった。

そして、なかの水草をジッと見つめて言った。

「ここにある」

……………!?

「え???」

「うっそ」

「えええええ——!?」

半信半疑《はんしんはんぎ》の元《げん》たち。でも、彼《かれ》らが見たのは……赤いメダカが泳ぎ回っている水槽《すいそう》のなか、水流にゆれる水草にひっかかっているキラキラ光るダイヤモンドのペンダントだった。

「そうか! あれってこの光だったんだ!」

ダイヤモンドの光が反射《はんしゃ》し、天井《てんじょう》に映りこんでいたのだ。

「やっぱり服を脱《ぬ》いだ時にはずれて、ここにとびこんでしまったのか」

小林《こばやし》が水槽《すいそう》の横に置いてあったピンセットでペンダントをつまみあげた。かなりの大きさのダイヤモンドのヘッドがついたペンダントだった。

「水槽のなかじゃわかんないはずよねぇ！」

瑠香《るか》が苦笑した。

「それ、ちょっと見せて」

夢羽《むう》はペンダントを受け取り、自分のランドセルから手帳を取りだした。いろんな道具がコンパクトに入った夢羽オリジナルのスペシャル手帳である。

なかからプレート型の虫眼鏡《むしめがね》を取りだし、ダイヤモンドを観察し始めた。

「だいじょうぶだよね？　水につかってても。ダイヤなら」

瑠香が聞くと、夢羽は首をかしげた。

「ダイヤ……ならね」

「え⁉」

聞き返した瑠香に夢羽が言った。

「これ、模造《もぞう》ダイヤだよ」

「うっそぉー‼　なぁーんだぁぁ」

がっかりした声を出した瑠香《るか》だったが、すぐに笑いだした。

「あぁあーああ、心配して損《そん》しちゃった」

「ほっとしすぎて腹減《はらへ》った」

と言ったのは大木《おおき》である。みんな大笑い。

「でも、どうしてわかったんだ？　模造ダイヤだって」

小林《こばやし》が夢羽《むう》に聞いた。たしかに、それは元《げん》も興味《きょうみ》がある。

よくダイヤモンドが本物かどうか虫眼鏡《むしめがね》で見分けている人が映画《えいが》などで出てくるが、実際《じっさい》どうやって見分けているか知らないからだ。

夢羽《むう》は肩《かた》を小さくすくめ、そのペンダントを瑠香《るか》の手にもどした。

「ダイヤかどうかを見分ける方法はいくつかあるけど、一番簡単《かんたん》なのはダイヤの表面に水滴《すいてき》を垂《た》らしてみる方法なんだ。ま、今は最初から濡《ぬ》れてたけどね。ダイヤの表面についた水滴は丸くなるけど、模造ダイヤの表面では平べったくなるんだ」

「へぇえー!!　なぜなの？」

「ダイヤは水に濡《ぬ》れにくくて表面張力《ひょうめんちょうりょく》のほうが勝ってしまうんだ。だから、水滴は丸くなる。でも、これはそんなことないし……だいたいこんなに大きなダイヤだったら、値《ね》段《だん》にして一千万はくだらないと思うよ」

「い、一千万⁉」

「ひぇえー！　じゃ、絶対偽物《ぜったいにせもの》じゃないか‼」

元《げん》は瑠香の手元のダイヤモンドを改めて見た。大粒《おおつぶ》のダイヤモンドがきらきらとよく光っていた。

一千万円のダイヤモンドを娘がひょいと学校に持っていけるような場所に置いておくわけがない。

「でもさ。これ、どうする？　みんなで光谷《みつや》さんの家に行ってみる？　だって、すごく心配してるんじゃないのかな」

瑠香《るか》の言葉に夢羽《むう》も賛成《さんせい》した。

「彼女《かのじょ》は本物だと思ってるだろうしね」

「じゃあ、オレが持ってくよ。そこまでつきあってもらうのは悪いし」

守口《もりぐち》がそう言うと、夢羽は首を横に振《ふ》った。

「いや、ひとりで持っていったら、やっぱり取ったのは守口くんだろうと思われる」

「そうか。見つけたってウソついたって言われるか……」

「そうだよそうだよ！　じゃあ、みんなで行こうぜ！　でも、光谷《みつや》の家ってどこかわかる？」

元《げん》が聞くと、瑠香がものすごく意地悪そうに言った。

「知ってる知ってる。ギンギン商店街の肉屋さんでしょ？　光谷肉店。ふふーんだ！　自分が勝手にお母《かあ》さんのもの持ってきてて、しかも自分でなくしておいて、人のこと疑《うたが》っちゃってさ。模造《もぞう》ダイヤだってわかったら、なんて言うかなぁ。楽しみだわ。ふっふっふ」

しかし、守口《もりぐち》が言いにくそうに言った。

「いやぁ、それは……言わなくていいよ」

「えええ――!? だってあんなにひどいこと一方的に言われたんだよ? いいじゃないの。本当のことなんだし」

「いや、オレは別に気にしてないし」

「本当に!?」

なおも追及《ついきゅう》する瑠香《るか》を元《げん》が止めた。

「もういいじゃねーか。本人がいいって言ってんだし、江口《えぐち》、しつこいんだよ」

「しつこい!?」

瑠香の目がギランと光る。

あー、やばい。つい本音が出てしまった。彼女怒《かのじょおこ》らせたらめんどくさいことになる。

でも、本人がいいって言ってるんだし強要するのはよくないだろ。ちぇ、まいったな。

元が肩《かた》をすくめ、弱った顔をしていると、守口が言った。

「いや、本当だよ。それより、オレ……うれしかったんだ。オレがいくら知らないって言っても、クラスのやつらぜんぜん信じてくれなくてさ。なのに元《げん》たちがこんなに親身になって探《さが》してくれて。疑《うたが》ったりしなかっただろ?」

「そ、そりゃそうだよ。当たり前だよ！」

元がびっくりして言うと、守口《もりぐち》は照れくさそうに笑った。

「でも、……それがうれしかったんだ」

その瞬間《しゅんかん》、みんな心の奥《おく》がほっこりとした。

さっそく、光谷《みつや》のところに届《とど》けに行くことになった。

ギンギン商店街は冬のバーゲンセール中。

夕方の買い物客でにぎわっている。

光谷《みつや》肉店はそのなかほどにある。店先でコロッケを揚《あ》げているのがお母さんだろう。光谷そっくりの顔だった。

きっとダイヤモンドのペンダントを娘《むすめ》が勝手に持ちだしたことなんてまだ知らないんだろうなぁ。

元《げん》はそう思った。

ガラスのケースにはずらっと各種の肉が並《なら》んでいる。豚肉《ぶたにく》、鶏肉《とりにく》、牛肉、挽肉《ひきにく》……。

店奥ではお父さんらしきおじさんが肉をスライサーでカットしていた。

従業員《じゅうぎょういん》はいない。ということは、お父さんとお母さんだけで経営《けいえい》しているお店なんだろう。

「はい、何か⁉　コロッケ、揚げたてでおいしいわよ！」

白い三角巾《さんかくきん》を頭にした光谷のお母さんが元たちに聞いた。

「あ、え、えっと……」

どう言おうかと悩《なや》んでいると、瑠香《るか》が横から出てきた。

「わたしたち、光谷さんの友達なんです。忘《わす》れ物届《ものとど》けに来たんですけど、どうすればいいですか？」

さすが瑠香《るか》。すらすらと言葉が出てくる。

すると、お母さんは驚《おどろ》いて目を丸くした。

「あら、瑛里沙《えりさ》のお友達だったのね。えっとねぇ、そっちから店の裏《うら》に回ってくれる？　外階段《かいだん》あるのよ。そこにチャイムあるから鳴らしてみて。ごめんね、おばさん手が離《はな》せなくって。瑛里沙なら家にいると思うから」

光谷《みつや》肉店の横には細い路地があった。路地裏に行くと鉄製《てつせい》の外階段があって、その下に「光谷」という表札が出ていてかわいい郵便《ゆうびん》ポストもあった。

ポストの横にドアチャイムのボタンがあったので、瑠香が押した。

しばらくして、さっきのおばさんとうりふたつの顔をした光谷が現《あらわ》れた。

みんなでペンダントを探《さが》したこと、水槽《すいそう》のなかにあったことなどを瑠香が代表して説明すると、なんということだろう!?　光谷の目がみるみるうるんでいったではないか。

光谷が生意気な態度《たいど》を取り続けたり、謝《あやま》ろうとしなければきっちり言ってやる！　と決めていた瑠香だったので、すっかり拍子抜《ひょうしぬ》けしてしまった。

「勝手に持ちだしてなくしたの、お母《かあ》さんにバレたらどうしようって……すごく心配だったんだ。ありがとう」

瑠香《るか》にぺこりと頭を下げたものだから、彼女《かのじょ》はあきれて言った。

「あのさぁ、わたしじゃなくて、頭下げるなら守口《もりぐち》くんのほうでしょ？」

すると、光谷《みつや》はまっ赤な顔をして守口にぺこっと頭を下げた。

「ご、ごめん。早とちりして」

守口は「よかった」と一言だけ。きっと気はずかしいんだろうなぁと元《げん》は思った。

それにしてもよかった、よかった。

本当によかった。

★五人目の勇者

1

悪い魔女《まじょ》だとばかり思っていたのに、実際《じっさい》に会ってみると、とんでもなくかわいらしい魔女だった。

名前はムウ。

紫色《むらさきいろ》のとんがり帽子《ぼうし》の先には小さな光る星がついていて、彼女《かのじょ》が歩くたびにゆれている。

ぶかぶかの服の襟《えり》にも同じように星がついていて、なんともかわいらしい。

「もしかして、あなたたち……冒険者《ぼうけんしゃ》？」

彼女はクールな表情《ひょうじょう》で聞いた。

「そ、そうだけど……」

ゲンがどぎまぎしながら答えると、彼女《かのじょ》はまっすぐゲンを見返した。

「塔《とう》に住む悪い魔女《まじょ》を退治《たいじ》しに来た冒険者《ぼうけんしゃ》っていう感じね」

「え？　え、えっと……い、いやぁ……」

まさかその通りですとは言えないじゃないか。オオキもどう言ったらいいかわからず、大きな体でモジモジしていた。

弱り切っていると、セイジが前に進み出た。

「実は……そうなんだ。それというのも、このあたり一帯の村や森などの農作物や木の実などが腐《くさ》って食べられなくなっていて。その原因《げんいん》が君だっていう話になっていてね。オレたちは被害《ひがい》にあっている人たちから頼《たの》まれてきたんだ。もし、誤解《ごかい》なんだったらそれを証明《しょうめい》したほうがいいと思う」

そうだそうだ、その通りだ！

ゲンとオオキは隣《となり》で大きくうなずいた。

すると、ムウと名乗った美しい魔女はほっと小さくため息をついた。

「誤解なんかじゃない。その通りだ」

これにはまたまたびっくり。三人は目を丸くしてムウを見つめた。

「ど、どうしてそんなひどいことするんだ⁉︎　みんな食べる物がなくなって困《こま》ってるのに！　ゆ、許《ゆる》せない‼︎」

食べ物の恨《うら》みは大きい。特に食《く》いしん坊《ぼう》のオオキにとっては許せない話である。

ムウに飛びかかろうとしたのをゲンとセイジが必死に止めた。

「ちょ、ちょっと待てよ。落ち着けって」

「いいや、離《はな》してくれ！　オレは許せない‼︎」

ムウはもみあっている三人を見てもまったく動じない。そのまま静かに部屋のなかへもどっていってしまった。

ど、どうする?

どうするんだ??

三人が顔を見合わせていると、部屋のなかから声がした。

「どうぞ、入って。ちゃんと説明するから」

部屋のなかは丸いドーム型になっていた。椅子《いす》やテーブルも楕《だ》円《えん》形や円形でおもしろい形ばかりだ。ムウは丸いひとりがけのソファーに座《すわ》って、みんなにも座るようにうながした。

全員が座ると、彼女《かのじょ》は指をくるくると回した。

するとその指先からグラスが飛びだし、それぞれの前に着地した。

最初は何も入っていなかったが、みるみる紫色《むらさきいろ》の飲み物で満たされていった。

「こ、これ……なんだ」

「さ、さぁ……」

ゲンたちは飲み物を飲んでいいのか悪いのか迷《まよ》っていた。

そりゃそうだ。すべての作物を腐《くさ》らせる悪い魔女《まじょ》だと思いこんでいた人からもらった何なのかわからない紫色の飲み物なのだから。

「でも、いい匂《にお》いするな」

くんくんと匂いをかいだオオキは思い切って口をつけてみた。

すると、口のなかに甘酸《あまず》っぱいブドウジュースの味が広がった。

「だいじょうぶだ。これ、ブドウジュースだよ！」

「そっかそっか！」

「それはありがたい。のど渇《かわ》いてたからなぁ」

ゲンもセイジもだったら自分もと手を伸ばした。

「うんうん、おいしい！」

「こんなにおいしいジュース飲んだことないよ」

ゲンたちが喜んでいるのを見て、ムウはうれしそうに少しだけ笑った。

その笑顔を見て、ゲンはどきっとした。見たこともないほどかわいかったからだ。魔女《まじょ》というより天使のような笑顔だ。

きっとこの子はいい子だな。悪い魔女だなんてウソで、何か事情《じじょう》があるんだろう。

まだ説明も何も聞いていないというのに、ゲンはすっかりそう思いこんでしまった。

しかし、それはあながちまちがってはいなかった。

ムウがなぜこの付近の作物や木の実を腐《くさ》らせてしまったか、それはそれらに毒が含《ふく》まれていたからだった。

プー王に届《とど》けられた不吉《ふきつ》な報《しら》せ……『国を寄《よ》こせ。さもなくば、王女は十歳《さい》の誕生《たんじょう》日を無事迎《むか》えることはできないであろう』と脅迫《きょうはく》した闇《やみ》の魔王《まおう》ディラゴス。やつのしわざなんだという。

「じゃあ、それを食べないように、わざと腐らせたというわけか」

セイジが聞くとムウは深刻《しんこく》な顔でうなずいた。

「時間がなさすぎて、それしかできなかった。本当は解毒《げどく》できたら一番よかったんだけどね」

「そうか……それじゃあしかたないな。くそ！　闇の魔王《まおう》ディラゴスめ」

ゲンが両手を握《にぎ》りしめて言うと、オオキは立ち上がり、地団駄《じだんだ》を踏《ふ》んで悔《くや》しがった。

「くっそぉー‼　許《ゆる》さねーぞ‼」

「それにしても、ムウも勇者のひとりだったとはびっくりだよ」

セイジは改めてムウを見た。

美少年と美少女の組み合わせは絵になる。ゲンは内心ちょっとジェラシーを感じたが、もちろんそんなことは言わなかった。

はぁぁ……オレ、どうしちゃったんだろう。もしかしてひと目ぼれってやつなのかな。

でも、今はそんなこと言ってる場合じゃないぞ。しっかりしろ、ゲン‼

「あ、そうだ。そういえば……これ、君のだろ？」

ゲンは地下の迷路《めいろ》で手に入れたマジックシールドをムウに見せた。

すると、彼女《かのじょ》は「ああ、それは魔王《まおう》を倒《たお》す時に必要だと思って隠《かく》しておいたんだ。ただし、残念なことにわたしは筋力《きんりょく》が足りず装備《そうび》できなかった。だから、ゲン、君が装備してくれてていいよ」

「ありがとう‼」

ゲンがそう言った時、手鏡がピカピカッと光り始めた。

「わわ、どうしたんだ⁉」

見ていると、その鏡から小さな小さなプー王が浮《う》かび上《あ》がった。

もちろん実物なんかじゃない。後ろが透《す》けて見えるし、時々ジリッジリッと雑音《ざつおん》も混《ま》じる。

そのプー王がゲンに聞いた。

「勇者たちは無事そろったか

ね？」

この小さな王様に向かって答えるもんなのかな。

ゲンがとまどっていると、ムウが返事をするよううながした。

「え、は、はい。四人集まりました」

ゲンが返事をすると、プー王は満足そうにうなずいた。

「よくやった。あとひとりじゃな。しかし、もう時間がない。城《しろ》にもどってきてはくれまいか。皆《みな》の装備《そうび》もちゃんと調《ととの》えなければならんしな。新たにわかったこともあるのだ」

ドミリアントまでもどる時間を考えたら、たしかにそんなに時間はない！

「は、はい！　もちろんです」

ゲンが返事をすると、プー王は「楽しみに待っておるぞ」と言い、現《あらわ》れた時と同じようにあっという間に手鏡のなかへ消えてしまった。

あわてて手鏡のなかを見てみると、プー王の顔がこっちを見ていた。

「わ、わわっ！　びっくりした」

ゲンが驚《おどろ》いていると、プー王はニコニコ笑いかけた。

「早く来るのだぞぉー！」

プー王の声は遠ざかっていき、やがて姿《すがた》も見えなくなった。

2

「まぁまぁ！　ゲン、元気だったのね、心配してたわ」

母のハルが涙《なみだ》を浮《う》かべ、ゲンを迎《むか》えてくれた。

思えばこんなに長い間家を留守《るす》にしたことはなかった。ゲンも母に抱《だ》きしめられ、胸《むね》がいっぱいになったが、みんなの手前泣くわけにはいかない。

母からパッと離《はな》れた。

「ここにいるみんなが勇者たちなんだよ」

「そうなのね。みなさんが勇者として選ばれた人たち！　すばらしいわ。さぁさぁ、自分の家だと思ってゆっくりしてちょうだいね。お城《しろ》に行くのはあしたでいいでしょう？」

ハルに言われ、その日はゆっくりすることにした。

どっちみち到着《とうちゃく》したのが夜だったので、お城に行くのには遅《おそ》すぎた。

久《ひさ》しぶりの母の手料理はすごくすごくおいしかった。

みんなたらふく食べた後、旅の疲《つか》れからかすぐベッドに入り、朝まで熟睡《じゅくすい》した。

ゲンだけは自分のベッドに入ってしばらく寝《ね》つけなかった。

あまりにも久しぶりすぎたからかもしれない。いつも寝る時に見ていた天井《てんじょう》の小さな窓《まど》から見える月を見つめ、不思議な気分だった。

この前見た時と、今の自分はちっともちがっていないはずなのに、ものすごくちがう。

いまだに信じられないけれど、自分がこの国の命運を左右するだなんて。ひとりだったら責任感《せきにん》で押《お》しつぶされそうになっただろう。

比較的大丈夫《ひかくてきだいじょうぶ》なのは、頼《たよ》りになる仲間のおかげだ。

オオキは食《く》いしん坊《ぼう》でのんびり屋だけれど、彼《かれ》の顔を見ているとホッとする。レベルも上がってきたからか、一撃《いちげき》が大きい。レベルの高くない敵《てき》だったら一撃で倒《たお》してしまうほどだ。

セイジは頭の回転が速い上に人当たりも柔《やわ》らかで一番大人だ。身軽で木の上にも登れるし、弓の腕《うで》もいい。彼を見ていると、なんだか自分がみじめに思えるほどに完ぺきなのだ。彼からはいろんなことを学べる気がしている。

ムウは「悪い魔女《まじょ》」なんかではなく、優《すぐ》れた魔法使《まほうつか》いだった。といっても攻《こう》撃《げき》的な魔法を使うのではなく、支援《しえん》型魔法使いなのだそうだ。たとえば、味方の攻撃力や防御《ぼうぎょ》力を一時的に上げたり、敵《てき》の動きを遅《おそ》くしたりする魔法を使う。

まだ出会ってから日が浅いせいもあって、何を考えているかよくわからないところがある。それがまたミステリアスで魅力《みりょく》的なのだが……。

残るひとりはいったいどんな勇者なんだろう。どこにいて、いつ出会えるんだろう？

そんなことを考えているうち、ゲンはいつしか眠《ねむ》りに落ちていった。

翌朝《よくあさ》、みんなで朝ご飯を食べた後、さっそくお城《しろ》へ行くことにした。

ゲンが勇者として選ばれ、他の勇者たちを探《さが》す旅をしているというのは国中の人たちが知るところになっていた。だから、彼《かれ》らが歩いているだけで、

「きゃー！　勇者さまたちよ！」

「わぁー、かっこいい!!　弓使いなのね」

「強そうね!!　さすがは勇者さまだわ」

「もうわが国も安泰《あんたい》じゃて」

などなど、道行く人たちに言われ、かなりはずかしかったけれど、悪い気分

ではなかった。
もちろん、浮《う》かれている場合じゃないこともよくわかっているけれど。

「おお、よく来てくれた！　ご苦労だったな、ゲン‼」
プー王はゲンたちを大歓迎《だいかんげい》してくれた。
朝ご飯を食べたばかりだというのに、たくさんの料理やお菓子《かし》を出され、ゲンたちは少なからず後《こう》悔《かい》した。こんなことなら朝ご飯を食べてこなければよかった。
旅の出来事をプー王に報告した後、ディカケット大臣が新たにわかった情報《じょうほう》を説明してくれた。

彼《かれ》は黒々とした眉《まゆ》と髭《ひげ》を同時に上下させながら、ゴホンと咳払《せきばら》いした。

「我々《われわれ》の調査《ちょうさ》によれば、闇《やみ》の魔王《まおう》ディラゴスの本拠地《ほんきょち》はここ、エリドル山の頂上《ちょうじょう》付近にあるゲートから飛べるらしい」

大臣が指《さ》し示《しめ》したのは、テーブルに置かれたドミリア国周辺の地図である。

エリドル山まではどんなに急いで行ったとしても一週間はかかりそうだった。もちろん、ゲンたちは行ったことなどない険《けわ》しい山である。途中《とちゅう》までは馬で行くこともできるだろうけれど、あとは歩いていくしかないだろう。

「ゲートっていうのは何ですか？」

セイジが聞くと、大臣はまた眉《まゆ》と髭《ひげ》を上下させた。

「それが……兵士たちの話によればどうやら魔法《まほう》の力で封《ふう》じられたゲートらしく、我々《われわれ》では近寄《ちかよ》ることすらできないのだ。その魔法さえ解除《かいじょ》できればいいのだが……」

エリドル山に魔王《まおう》の悪い気を感じた占術師《せんじゅつし》のメルディックに言われ、さっそくエリドル山まで調査《ちょうさ》に行った兵士たち。しかし、その魔法で封じられたゲートに近寄ることさえできなかったという。

メルディックは五人の勇者の力を結集すれば必ずや魔法も解除できるだろうと予言した。

「そこで問題なのが、いまだに五人目が見つからないという事実ですよ！」

大臣はドン‼　とテーブルを両手でたたいた。

急に大きな音がしたので、ゲンたちもプー王もメルディックも椅子《いす》から飛び上がるほど驚《おどろ》いた。

「ちょ、ちょっとびっくりするじゃろ！」

プー王が大臣を非難《ひなん》がましく見ると、大臣はとたんに恐縮《きょうしゅく》して頭を下げた。

「す、すみません。こんなに大きな音が出るとは思わなかったもんで。しかし、どうしてもルカ王女のことが心配で心配で」

「わかるぞ。それはわしだって同じこと。ただ、彼《かれ》らもこうして精一杯《せいいっぱい》がんばってくれとるんじゃや。いまだに五人目が見つからないというより、あとは五人目だけだと思えばよい。この短期間に四人が見つかるなど、それこそ奇跡《きせき》だ。彼らを信じることにしようぞ。まだ十日の猶予《ゆうよ》はあるのだから」

プー王はそう言って大臣をねぎらった。

そうなのだ。

ルカ王女の誕生《たんじょう》日はあと十日と迫《せま》っていたのである‼

んん？　しかし、エリドル山のゲートまで一週間かかるんだったら、実質《じっしつ》猶予は三日しかないじゃないか‼　大ピンチだろぉ。

……すると、噂《うわさ》をすれば影《かげ》。扉《とびら》を開き、現《あらわ》れたのは美しいピンク色の花のようなドレスを着たルカ王女だった。きょうはいつものように前髪《まえがみ》を下ろすヘアースタイルではなく、すっきりと額《ひたい》を出し、小さな銀色のティアラをつけていた。

彼女《かのじょ》は全員を見回すと、プー王に言った。

「父上！　なぜわたくしは外に出られないんですの⁉　お城《しろ》のなかだけでは息がつまってしまいますわ！」

「だ、だから言っただろう？　闇《やみ》の魔王《まおう》ディラゴスがおまえを狙《ねら》っておるのじゃ。ここにおる勇者たちが魔王を退治《たいじ》してくれるゆえ、今しばらく辛抱《しんぼう》しなさい」

プー王がなだめるのだが、ルカ王女は首を左右に振《ふ》って両手も振った。

「やだやだやだやだやだやだ‼　もう嫌《いや》です‼　こんな生活」

こんな生活って……そんな豪華《ごうか》なドレスを着て、毎日おいしいものを食べて、何不自由なく暮《く》らしてるというのに、なんてわがままなんだろう。

ゲンはルカ王女のことをうんざりした目で見た。

この人を守るために闇《やみ》の魔王《まおう》ディラゴスと戦うだなんて、なんだか士気が上がらないなぁ。

そっとため息をついていると、急にムウが立ち上がった。

「ルカ王女、あなた魔法《まほう》が使えるんですね？」

え⁇

はぁぁぁ⁇

プー王も大臣もメルディックもゲンたちも、そしてルカ王女本人もぽかんとした顔でムウを見た。

「そうか。やっとわかった！　我々《われわれ》がこのタイミングでなぜ城《しろ》にもどされたのか」

「どういうことだ？」

ゲンが聞くと、ムウはゲンに言った。

「メルディックさんの予言によれば、ゲンが行くところに自然と勇者たちが導《みちび》かれてくるという話だった」

「そ、そうだけど……」

戸惑《とまど》っているゲンにムウは手を差しだした。

「ゲン、あの手鏡を！」

「え？　あ、ああ、えっと……は、はい」

ゲンから手鏡を受けとると、ムウはルカ王女の前にツカツカと歩《あゆ》み寄《よ》った。

そして、みんなが注目するなか、手鏡を彼女《かのじょ》にかざした。

「あああああ‼」

「う、うっそぉ――――！」

「えぇぇえぇ――――⁉」

みんな悲鳴のような声で叫《さけ》んだ。叫べなくて息を吸《す》いこんだものもいる。
それもそのはず。
王女の額《ひたい》にくっきりと勇者の印が現《あらわ》れたからだ!!

3

まさか王女が五人目の勇者だったとは、だれもが予想していなかったことだった。
「い、いかんいかん！　王女をそんな危《あぶ》ないところに行かせるわけにはいかん！」

プー王は顔をまっ赤にして言った。

大臣も「こ、これは何かのまちがいです。もう一度占《うらな》っていただきましょうぞ！」と大あわて。でも、いくら占っても王女も勇者であることはまちがいないようだった。

一方、ルカ王女のほうはやる気満々である。今までお城《しろ》のなかにいることが多かった彼女《かのじょ》。たまに遠出するといっても護衛《ごえい》付きで、城下町《じょうかまち》に出かけるくらいである。

自分が五人目の勇者だったというのを知って、飛び上がらんばかりに喜んだ。

プー王たちはそうすんなり許可《きょか》するわけにはいかない。怒《おこ》ってみたり、なだめてみたり、最後は涙《なみだ》ながらに訴《うった》えてみたりした。

それでもルカ王女の決意はゆるがなかった。

「父上、よく考えてみてください。ここにいる他の勇者たちだって、だれかの子供《こども》なんですよ！　わたしとどこがちがうんです？　みんなこの国のためにがんばるって言ってるんです。そして、彼《かれ》らの親もがんばれって送りだしてるんです。彼らが心配じゃないはずないでしょう？　一国の王がわがまま言わないでください！」

理路整然すぎる‼

プー王は何も言えなくなってしまった。

「わ、わかった……では、せめていい装備《そうび》を持っていくように。護衛《ごえい》の兵士たちも連れていってくれ」

という彼《かれ》の願いも、「いかん！　闇《やみ》の魔王《まおう》ディラゴスには五人の勇者たちのみが戦えるのじゃ！　兵士を連れていってはいかん。いや、そもそもゲートに入ることができぬじゃろう」と、メルディックが粉々に打ちくだいた。

「ほーらね！　だから言ったでしょ？　それにさ、この子たちができるんだったらわたしにだってできるもん。父上、安心してよ。国民もきっと王女自ら魔王を成敗《せいばい》に行ったって言ったら喜んでくれると思うよー」

戦いや冒険《ぼうけん》がいったいどんなものかわかっていないルカ王女はまるでピクニックにでも出かけるような調子で言った。

実際《じっさい》、さあ準備《じゅんび》だという時には防御力《ぼうぎょりょく》というより見た目で装備を選んでいたし、ゲンたちとの話し合いにも参加しなかった。

「困《こま》ったなぁ……これじゃうまくいくわけがないよ」

「そうだな。オレたちも遠慮《えんりょ》しちゃうしな。何しろ王女様なんだから」

「それだ、それそれ。問題なのは」

ゲン、オオキ、セイジは兵舎《へいしゃ》の一角にある芝生《しばふ》の上に座《すわ》って話していた。装《そう》備《び》の確認《かくにん》をしたり剣《けん》や弓の練習をするため、兵舎に来ていたのだ。

兵士長のガパルがいろいろ親切に教えてくれた。今はちょっと休憩《きゅうけい》中というところだ。

ドミリア国《こく》の気候はいつも温暖《おんだん》で冬でも過《す》ごしやすい。きょうもぽかぽかといいお天気。小鳥たちのさえずりを聞いていると、あと十日でこの国が闇《やみ》の魔《ま》王《おう》に支配《しはい》されてしまうかもしれないなんて想像《そうぞう》もつかない。

「そういえばムウはどうしたんだ？」

セイジが聞いた時、城《しろ》のほうから当の本人がやってきた。きょうも一段《いちだん》と美しい。

「ここにいたのか」

「装備《そうび》を確認してたんだ。ムウはそれでだいじょうぶなのか？」

セイジが聞くと、彼女《かのじょ》はにっこりほほえんだ。

「わたしの装備は特殊《とくしゅ》だからな。ここでは調整できないんだ」

くそぉ！　そんな質問《しつもん》ならオレだってできたのに。

ゲンは内心くやしくてしかたなかった。

しかし、優雅《ゆうが》な足取りでやってきたムウはなんとなんとゲンの隣《となり》にちょこんと腰かけたのである。

や、ややや
や、ややや
や、やややっ!?

セイジの隣もあいてるのに、なぜまたゲンの隣に座《すわ》ったんだろう!?

今度は別の意味で顔がカッカきてしまって困《こま》った。

そして、彼女はゲンたちに話し始めた。

「ルカ王女が魔法使《まほうつか》いかもしれないっていう話はしただろ？」

「う、うん……でもどういう魔法を使うんだ？　魔法を使うなんて聞いたことないよ」

ゲンが聞き返すと、ムウは大きな瞳《ひとみ》で青い空を見た。

「それはもうね、すごい魔力《まりょく》なんだ。すばらしい魔力を秘《ひ》めているんだけど、本人もまわりもわからなかった。だから、今、特訓してるんだ」

「何系《けい》の魔法なんだ？」

今度はセイジが聞くと、彼女《かのじょ》は彼《かれ》のほうを向いた。

「わたしのとはちがって完ぺきな

攻撃《こうげき》魔法だ。特にファイアー系の魔法がすごい。火の玉をいくつも乱射《らんしゃ》する魔法や一定方向に強烈《きょうれつ》な炎《ほのお》の嵐《あらし》を巻き起《お》こす魔法、それから火柱を周囲に作る魔法……こっちがびっくりするようなものばかりだ。でも、さっきも言った通り本人はわからなかったわけだから、コントロールするのがむずかしい」

「ただ時間があまりないよな」

ゲンが言うと、ムウはうなずいた。

「そう、だから……最低限《さいていげん》のことだけは練習して出発する。あとは……実戦で覚えていくしかない」

それはすごく大変なことじゃないか。

ゲンたちだって最初はスライム相手に四苦八苦していて、そのうちだんだんとなれていったのに。ルカ王女はいきなり魔王《まおう》相手に戦わなくちゃいけないなんて。

最初のうちはあんなに明るくてまるでピクニックにでも行くような調子だったけど、今頃《いまごろ》はきっと緊張《きんちょう》してるんだろうなぁ。

ゲンは少しかわいそうだなぁと思ったのだが、それはとんでもない勘《かん》ちがいだったことがすぐにわかった。

ゲンたちが防具《ぼうぐ》を選んだり武器《ぶき》の手入れをしているところにルカ王女がやってきたのだ。

「ねぇ！　どう？　これ」

くるくるっと回ってみせる。

白いブレストアーマーに淡《あわ》いオレンジ色のマントとローブである。ローブにはフリルがついていてまるでドレスのようだった。ブーツも白。

銀色のロッドを持っていて、かわいい魔女《まじょ》ッ子という感じだ。

「かわいいですね……」

ゲンはなんと言ったらいいかわからないでいると、さすがはセイジ。無難《ぶなん》な返事をした。

「あら、かわいいだけじゃないのよ。ちゃんと魔法《まほう》で防御《ぼうぎょ》力上げてもらってあるんだもん。ねぇ！」

すると、ムウがにっこり笑ってうなずいた。か、かわいい‼

い、いや、それはともかく。ルカ王女の明るさときたら、まるで太陽そのものだ。

初めての冒険《ぼうけん》への不安とかそういうものはまったく感じられなかった。勇者のひとりだとわかった時とまったく同じだ。

そして、彼女《かのじょ》のおかげで、ゲンたちもなんだかうまくいく気がしてくるのだから不思議だ。

あれは一種の才能《さいのう》だな……。

ゲンは内心そう思うのだった。

4

さて、いよいよ魔王征伐《まおうせいばつ》出発の朝のこと。

ゲンたちは早朝、まだ日も昇《のぼ》りきらないうちからたたき起こされた。

あわてて飛び起きると、家の外にはディカケット大臣や兵士たちが並《なら》び、ゲンたちを迎《むか》えに来ていた。

大臣が一歩前に出て、ゲンたちに深々とお辞儀《じぎ》をした。

「勇者ゲン殿《どの》、オオキ殿、セイジ殿、ムウ殿、我《わ》がドミリア国《こく》の命運は貴公《きこう》たちの肩《かた》にかかっております。ルカ王女をよろしくお頼《たの》み申しますぞ」

「は、はい……!!」

「はぁ……」

「はい！」

「…………」

四人は寝《ね》ぼけ眼《なまこ》だったが、その言葉で体中がビシッと引きしまり、目が覚めた。


そうか……ついにきょうの日が来てしまったのか！

泣いても笑っても後には退《ひ》けない。やりぬくしかないのだ!!

「ゲン、気をつけてね」

ハルが涙目《なみだめ》で見送ってくれた。

そうだ！　ハルのためにもがんばらなければいけないんだ。みんなの暮《く》らしを守るために。オレたちの使命は大きい。

城《しろ》から外に出たところにルカ王女はじめ、ずらりと兵士たちが並《なら》んで待っていた。
もちろんプー王もいる。王自ら陣頭《じんとう》に立って、兵隊を率《ひき》いていくんだそうだ。
といっても、大きな馬車にルカ王女といっしょに乗っていくようだが。
「よく来た！　さぁ、今こそ出発

の時。皆《みな》、よいな！　勝利を我《われ》らが手に！」

　プー王が大きな声で言い、兵士たちに向かって拳《こぶし》を突《つ》き上《あ》げると、みんなも同じように拳を上げた。

「勝利を我《わ》が手に‼」

「勝利を我が手に‼」

「勝利を我が手に‼」

　兵士だけではない。国中の人たちが集まり、みんなが拳を上げ叫《さけ》んだ。

　全員が手を振《ふ》って見送ってくれるなか、ゲンたちは出発した。なかには、もちろんハルの姿《すがた》もあった。

ゲンは胸《むね》がいっぱいになってまたまた涙《なみだ》が出そうになった。

横を見ると、オオキが目をうるうるさせている。なんとセイジもだ‼

クールなのはムウだけ。

あれだけノウテンキだったルカ王女も感動したのか、目をまっ赤にして、馬車の窓《まど》から身を乗りだし、両手を大きく振っていた。

しかし、いったい闇《やみ》の魔王《まおう》ディラゴスとはどんな姿をしているんだろう？

そして、どんな攻撃《こうげき》をしてくるんだ⁉

いや、そもそも魔王の本拠地はどんなところなんだろう⁉

占術師《せんじゅつし》のメルディックもそこまではわからなかったみたいだし。

「いよいよこの日が来たね！　よくがんばったわ。今のゲンならだいじょうぶよ！」

妖精《ようせい》のポポルも励《はげ》ましてくれた。

そうだ。今は感傷的《かんしょうてき》になってる場合じゃないんだ。

ゲンは気を引きしめ直した。

「おい、どこまで行った⁇」

大木《おおき》に聞かれ、元《げん》は親指を立てて突《つ》きだした。

「へへ、これから魔王《まおう》のとこに行く‼」

「おおぉ！　そうか。オレはまだ、それより前だ。すっげー、元に完ぺきに追い抜かれたなぁ」

「まぁな。守口《もりぐち》のおかげだ」

あの事件《じけん》があってから、さらに守口と仲良くなった元はほとんど毎日のように彼《かれ》の家へ行き、思《おも》う存分《ぞんぶん》ゲームを楽しんでいた。

当然、春江《はるえ》がいい顔をするわけがない。毎日宿題もせず、せっせと友達のところに行っては遅《おそ》くまで帰らないのだから。

まぁ、そろそろ雷《かみなり》が落ちてもおかしくない頃《ころ》なのでヒヤヒヤしてはいるのだが、やめられない。

ただし、幸運なことに、学校の役員をやっている春江《はるえ》も忙《いそが》しいようで、今のところはまだ怒《おこ》られていない。

だんだんとゲームも終盤《しゅうばん》に近づいてきて、ちょっとさびしい気分もしていた。

まさかルカ王女が勇者のひとりだったなんて思いもしなかったけれど、攻撃魔法《こうげきまほう》が得意だというところはらしいと言えばらしい。

プー王や大臣、兵士たちと険《けわ》しい山道を登っていくのも大変だった。途中《とちゅう》でモンスターたちがひっきりなしに襲《おそ》ってくるからだ。

しかし、そのおかげでレベル1だったルカ王女がみるみる強く成長していった。魔王《まおう》ディラゴスの本拠地に行くためにくぐるエリドル山頂上付近のゲートに到着《とうちゃく》した時にはついにレベル20に達していた。もちろん、ガンガンレベルアップするのは最初のうちだけで、レベルが上がれば上がるほどレベルの上が

り方もゆるやかになる。

ちなみに、ゲンたちはレベル35くらいだ。

それにしても、ルカ王女の攻撃魔法《こうげきまほう》はものすごい威力《いりょく》だった。ルカ王女の魔法も強かったが、その魔法をムウが強化したり、敵《てき》モンスターを弱体化したりするもんだから、効果《こうか》はばっちりだった。

最初は無理かもしれないと思った魔王討伐《まおうとうばつ》ももしかしたらなんとかできるかもしれないと、みんな少しずつ自信と勇気が生まれてきていたのである。

★闇《やみ》の魔王《まおう》ディラゴス

1

強力な魔法《まほう》で封じられたゲートの前に立った一行。

プー王や大臣、兵士たちが同行できるのはここまでだ。

ビシッビシッと音をたてて白光する巨大《きょだい》なゲートの前に立ち、ゲンたちはプー王たちとしばしの別れを惜《お》しんだ。

「勇者五人が手をつなぎ、力と思いをひとつにすれば、必ずやゲートが開かれるであろう」

ここまできたら占術師《せんじゅつし》メルディィックの予言を信じるしかない。

ゲン、オオキ、セイジ、ムウ、ルカ王女の五人が手をつなぎ、一心に祈《いの》りながらゲートに一歩一歩と近づいていく。

空色のアーマーに身を包んだゲン、アーマーには特殊《とくしゅ》な魔法《まほう》シールドがされている。彼《かれ》は背中《せなか》にムウから譲《ゆず》り受《う》けたマジックシールドを背負《せお》い、やはり魔法でダメージを二倍にする効果《こうか》を持つ雷《かみなり》のロングソードを装備《そうび》している。

　オオキは相変わらず上半身は裸《はだか》で、腰《こし》にレオパードの毛皮＋10を巻《ま》き、スピードアップ四倍の効果を持つザニンジャというブーツを履《は》いていた。武器《ぶき》はグレートアックス＋10。その一撃《いちげき》の破壊《はかい》力はすさまじいが、その分すきも大きいので気をつけなければならない。

セイジはシルバーの軽いアーマーとブーツに白いマント、雷のロングボウ＋

10と特殊《とくしゅ》な矢筒《やづつ》を装備している。いくら矢を使ってもなくならないというまさに魔法《まほう》の矢筒なのだ。

全員、ちゃんとヒールポーションも持っていたし、ムウとルカ王女は魔法力を回復《かいふく》するマナポーションも持っていた。

何度も確認《かくにん》したので手抜《てぬ》かりはないはずだった。

「みんな振《ふ》り返《かえ》っちゃだめだからね！　そんなことしたら弱気になるもの。さぁ、このまま突《つ》っこむわよ！」

ルカ王女は強い口調で言い、ゲンとムウの手をギュッと握《にぎ》りしめた。

全員覚悟《かくご》を決め、ゲートに向かって走っていく。

勇者五人の力と思いをひとつにすれば必ず開かれる‼

ゲンたちは無心になってそれだけを強く願った……。

白く輝《かがや》くゲートのなかに五人が突入《とつにゅう》した時、光は最高に強くなった。ビシビシビシッと音も高くなる。

ゲンは体に軽い痛《いた》みを感じたが、我慢《がまん》できる痛みだった。

いつまでたっても何も見えず、不安になってきた時、ムウの声が遠くから聞こえてきた。

「そのまま走って‼」

もう一度ルカ王女の手を強く握り、ゲンは走り続けた。

しばらくして、ようやく視界《しかい》がもどってきた。

「はぁ、はぁ、はぁ、はぁ……」

「ふぅ……なんとかなったみたいだな……」

「はぁあぁあぁあぁあ……」

全員肩《かた》をゆらして息をつき、呼吸《こきゅう》を整えた。

「うわぁ、すっげぇ‼」

オオキが大声で言った。

彼《かれ》の前には、巨大《きょだい》な巨大な……あまりにも巨大な階段《かいだん》があったからだ。

「なんだこれ⁉」

たぶん、敵《てき》の大きさが尋常《じんじょう》ではないのだろう。一段《いちだん》一段がまるで普通《ふつう》の二階《にかい》建《だ》ての家くらいの大きさだ。

それほど大きな階段《かいだん》がグネグネと曲がりくねりながら暗雲たれこめるなかへと昇《のぼ》っている。

暗い雲からは時々稲光《いなびかり》がしている。あのなかにディラゴスがいるんだろう。

いったいどんな姿《すがた》なのか、想像《そうぞう》するだけで身震《みぶる》いしてしまう。

「どうする？　このまま階段昇っていくか、それとも何か作戦を立てるか……」

セイジが巨大《きょだい》な階段を見上げて言った。

「昇っていくって言っても、こん

なすごい階段《かいだん》どうやって昇《のぼ》るんだ？」

　オオキはすでにおなかがすいてしかたないらしく、リュックのなかからお菓《か》子《し》を取りだしてほおばっている。

「それだよなぁ……問題は。どこかもうちょっと昇りやすいところはないんだろうか」

「オレ、ちょっと見てくる」

　ゲンが言うとセイジもいっしょについてきた。

　巨大階段《かいだん》のふもとまで行くと、その階段の横になだらかなスロープもあるのに気づいた。まぁ、なだらかと言っても実際《じっさい》は急な坂道なのだが。それにしても階段をよじ昇っていくよりはよっぽど現実的《げんじつてき》だった。

「こっちから行くしかないな」

「そうだな……しかし、これ、別のところに通じてないか？」

「うーん、どうだろう？」

　ゲンがなぜ疑問《ぎもん》に思ったかというと、階段の横にあったスロープの曲がり方と階段《かいだん》とが微妙《びみょう》にずれていたからだ。

「もうちょっと奥《おく》まで行ってみるか」

ゲンが進もうとしたら、セイジが肩《かた》をつかんで止めた。

「いや、もどろう！　モンスターだ」

「ま、まじか⁉」

急いでもどってみると、ちょうど敵《てき》が襲《おそ》いかかってきたところだった。

さすがディラゴスの本拠地。いきなりのお出迎《でむか》えのようだ。

巨大《きょだい》階段の上から飛びだしてきたのは血のように赤い皮膚《ひふ》をした蜘蛛《くも》二匹だった。もちろん、信じられないほど巨大な蜘蛛である。

でっぷりと太った体をゆらしながら長い長い足をバラバラに動かすようすはルカ王女には耐《た》えきれなかったらしい。

「や、やだやだっ‼　こっち来ないでよ‼」

ルカ王女は銀色のロッドを振《ふ》り下ろして叫《さけ》んだ。

同時に熱線が発射《はっしゃ》‼　蜘蛛の体に命中。

「す、すごい‼」

じゅううぅぅっと嫌《いや》な音がした。しかし、蜘蛛《くも》のほうも体力がそうとうあるらしく、ビクともしない。

シャッシャッシャッ‼　と音をたて、白い糸を噴射《ふんしゃ》してきた。

「逃《に》げて‼」

ムウの声が飛ぶ。

まだ無我夢中《むがむちゅう》で熱線を発射し続けていたルカをひょいと担《かつ》ぎ上げ、オオキがムウのほうにダッシュで逃げた。

と、同時に白い糸があたり一面をおおいつくした。

「でぁぁぁぁあ！！！」

一段落《ひとだんらく》したのを見計らってゲンがロングソードを両手で持ち、突進《とっしん》した。

その後ろでセイジが雷《かみなり》のロングボウをかまえ、もう一匹の巨大蜘蛛《きょだいぐも》に向け矢を放《はな》ち始めた。彼《かれ》は一度に三本の矢をつがえて、驚《おどろ》くようなスピードで射《い》る。

瞬《また》く間に蜘蛛はダメージを受け、歩くのも困難《こんなん》になってきた。

ルカ王女が安全なのを確《たし》かめ、オオキもグレートアックスを両手で持ち、とどめを刺《さ》しに走っていった。

ザニンジャブーツから黄色い光が出る。これは一時間に一回しか使えない、ものすごいダッシュだ‼

ドカ――ン‼　と大きな音。地《じ》響《ひび》きとともに、敵《てき》だけじゃなくて周囲にも大きな衝撃《しょうげき》が走る。蜘蛛《くも》二匹は青く光ったかと思うと、粉々にはじけ飛ぶ。

すぐ近くで戦っていたゲンもその衝撃で後ろに吹《ふ》っ飛《と》び、尻餅《しりもち》をついてしまった。

「うわぁ‼」

「あ、ごめんごめん」

オオキはゲンを引《ひ》っ張《ぱ》りあげた。

「いや、いいよ。でも、すごいなぁ!!　グレートアックス＋10って。蜘蛛《くも》、二匹ともやっつけたぜ」

「へへ、オレもびっくりしたよ。いやぁ、でもよかったよかった」

ゲンとオオキが話していると、他のみんなもやってきた。

「オオキの攻撃《こうげき》もすごかったけど、ムウの魔法《まほう》も効《き》いてたんだろうね！」

ルカ王女が言う。

「ムウの魔法？」

ゲンが聞くと、彼女《かのじょ》はあきれたように言った。

「気づかなかったの？　あなたたちが戦ってる時、敵《てき》に弱体化の魔法をかけたんだよ。それから、ふたりには防護《ぼうご》魔法を」

「そうだったのか!!　ありがとう」

「やっぱりなぁ。いくらグレートアックス＋10でも、ありゃ威力《いりょく》ありすぎだと思ったんだ」

ゲンとオオキが言うと、ムウの白い顔がパッと赤くなった。

でも、はずかしいのかゲンとセイジにそっけなく聞いた。

「先を急いだほうがいい。それで？　そっちから行けそうなのか？」

おぉぉ！　か、かわいい。

ついにまにましてしまうのを我慢《がまん》しながら、ゲンたちはさっき見つけたスロープのほうにみんなを誘導《ゆうどう》した。

2

決してなだらかだとは言えないスロープ。

階段《かいだん》よりはずっと楽なのだが、こっちもなかなか大変だった。途中《とちゅう》で道が枝分《えだわ》かれしていて、罠《わな》が仕掛《しか》けてあったりモンスターが出てきたりで、先に進むのも簡単《かんたん》ではない。

迷《まよ》って迷って、いったん入口までもどったほうがいいんじゃないかと帰りかけたりもした。

途中《とちゅう》、何度もだれかが耐久度《たいきゅうど》ゼロ間際《まぎわ》までいき、しばらく休憩《きゅうけい》しなければならなかった。それでも、行動不能《ふのう》なほどダメージを受けることもなく、進んでいけたのはかなりラッキーなことだろう。

どれくらい登ったか……みんなの体力も限界《げんかい》に近づきしばらく休憩することに。


先のようすを見に行っていたセイジが青い顔でもどってきた。

「いるいる‼」

「え？　モンスターか？　いっぱいいるのか」

ゲンが聞くと、セイジは首を横に振《ふ》った。

「いや、一体だけだが……まともには戦いたくないような相手だ」

「まさか……」

みんなの顔色が変わる。

そう、魔王《まおう》ディラゴスなんじゃないかと思ったからだ。

「わたしも見てくる」

ムウが立ち上がると、他のみんなも「わたしも」「オレも！」と立ち上がった。

結局全員で足音を忍《しの》ばせ、息を潜《ひそ》めて見に行った先には……。

大きな岩の出《で》っ張《ぱ》りがあり、その出っ張りの下にまっ青《さお》なモンスターが座《すわ》りこんでいた。

ものすごく奇妙《きみょう》なモンスターで、足はタコのようにたくさんあり、顔は前と後ろについていて、前は男の顔、後ろは女の顔。六本の手にはそれぞれ、向かって右側には槍《やり》、こん棒、斧《おの》、そして左側にはムチ、鎌《かま》、杖《つえ》を持っていた。

そのモンスターの後ろに赤い扉《とびら》があった。その奥《おく》に行けばディラゴスのほうに行けるのか、あるいは攻略《こうりゃく》に必要な宝《たから》があるのか……。

いやぁ、どう考えてもボス部屋だろうなぁ。

ゲンたちはごくりとつばをのみこむ。

とりあえず、全員、目配せして静かにもどることにした。

ようやく話をしても聞こえなさそうなところまでもどり、ゲンたちは大きく息をついた。

「やべえなぁ！」

「あれか？　魔王《まおう》っていうのは」

「うーん、どうだろう。実際《じっさい》、どんな姿《すがた》なのかわからないしな」

「魔王というより門番なんじゃない？　すっごく悪趣味《あくしゅみ》な感じ」

ゲンたちは思い思いの感想を言い合った。

「後ろに赤い扉《とびら》あったの見た？」

ルカ王女が聞くと、ゲンがうなずいた。

「あの奥《おく》に行けばディラゴスのいるところに行けそうじゃない？　あんな強力

そうなモンスターが門番してるんだもん」

「それはまだわからないけど、とにかくどうやって戦うか……だ。まともに向かっていって勝てる相手だとはとても思えない」

セイジが首をひねった。

すると、ムウが腕組《うでぐ》みをし、みんなを見回した。

「戦う必要、あるかな？　というか、倒《たお》す必要……と言うべきか」

「え⁇」

「わたしもあの扉《とびら》の奥に魔王《まおう》がいるんだと思う。やつは門番だ。だとすれば、だれかが囮《おとり》になって注意を引きつけておけば、扉を調べることはできるんじゃないか」

「そっか‼　でも、扉、開くのかなぁ⁇　あのモンスターを倒さないと開かないとか」

「それは調べてみないとわからない」

「そうだね‼」

ということで話がまとまった。

セイジが遠くから弓で射《い》てモンスターの注意を引きつける。モンスターが扉《とびら》の前から動いたら、ムウとゲンが扉を調べる。セイジが危《あぶ》なくなったら、ルカ王女とオオキが加勢《かせい》する。

……さて、この作戦を実行したのだが、想像《そうぞう》以上にモンスターの攻撃《こうげき》は激《はげ》しかった。

何しろ向かって右上の手が持った槍《やり》で突《つ》き、右中の手が持ったこん棒を振《ふ》り下ろし、右下の手が持った斧《おの》を振《ふ》り回《まわ》し、左上の手が持ったムチでビシビシたたき、左中の手が持った鎌《かま》を横になぎ払《はら》い、左下の手が持った杖《つえ》から光線を発《はっ》射《しゃ》してくるのだ。

その上、タコのような足でスルスルと自由自在《じゆうじざい》に動き回るという、とんでもないモンスター。

「わあぁぁあ‼」

「ちょ、ちょっと待ってよ。わわわ‼　呪文《じゅもん》唱えてる暇《ひま》ない」

オオキがドタドタと逃《に》げ回《まわ》り、ルカ王女も悲鳴をあげて逃げ回る。

「攻撃《こうげき》は最小限《さいしょうげん》でいい。とにかく注意をそらすことだけ考えよう！」

セイジが弓で狙《ねら》いながら大きな声で言う。

ルカ王女とオオキは「わかった！」と答え、攻撃はやめて逃げ回ることだけに専念《せんねん》した。

その間にムウとゲンが扉《とびら》を調べてみたのだが、扉には□の形の枠《わく》が三個ずつ縦《たて》に二列、合計六個あった。□には「○」のなかに「×」の印があり、□を押《お》してみると「○」の部分が光り、もう一度押すと今度は「×」の部分が光った。

つまり、これはパスワードキーだ。それぞれ○か×かを選ばなければならない。

時間がないので手当たり次第試してみたが、うまくいかなかった。

いったん全員退却《たいきゃく》。幸いモンスターは追ってこず、また扉の前にもどって座《すわ》りこんだ。

ムウとゲンの報告《ほうこく》を聞き、みんな首をかしげた。

「なんだろう、○と×って。片《かた》っ端《ぱし》からやってみればいいんじゃないか？」

セイジが言うと、ゲンが首を振《ふ》った。

「いや、やっぱりでたらめに押してもだめだな」

ずっと考え事をしていたムウが口を開いた。
「たぶん……謎《なぞ》かけになってるんだと思う」
「謎かけ⁇」
「そう。今までも重要な場面では必ず謎解《と》きが必要だったはず。この場合、モンスターが持っている槍《やり》、こん棒、斧《おの》、ムチ、鎌《かま》、杖《つえ》。これが鍵《かぎ》になっていると思う。ちょうど六個《こ》だし」

なんとモンスターが持っている武器《ぶき》に謎解きのキーワードがあるというのだ。

『YARI、KONBOU、ONO、MUCHI、KAMA、TSUE』

『やり、こんぼう、おの、むち、かま、つえ』

ローマ字にしてみたり、ひらがなにしてみたり。アナグラムかもしれないからと、順番を入れ替《いか》えてみたり。

いろんなことをしたが、よくわからない。だいたいなぜ○で×なのかも。

「うーん、なんだろうなぁ。なんでこん棒が○か×なのか。もしかしてこん棒とか鎌《かま》とか関係ないいんじゃないのか？」

ゲンが言ったと同時にムウの目が輝《かがや》いた。

「それだ!!」

「え??」

「だから、なんでこん棒が○か×なのかってこと。そうか……こん棒は○だ。鎌も○。槍《やり》は×で杖《つえ》も×だ」

そこまでムウが言った時、セイジも「あっ！」と目を大きくした。

「わかった！　じゃあさ、斧《おの》は×でムチは○なんじゃないか？」

ムウはにっこり笑って「正解《せいかい》！」と答えた。

な、な、なんなんだ。わからないぞ。

ゲンは焦《あせ》りまくった。

こういう謎解《なぞと》き問題は得意のはずなのに。でも、焦れば焦るほどわからなくなる。

「ちょ、ちょっと他にもヒント出してくれよ」

「そうだな。じゃあ、パンは○なんだけど、ドーナツは×なんだ。そばは○だ。じゃあ、うどんは？」

「え、えええええー!?」

だめだ。絶対《ぜったい》無理。わからない!!

不覚にもくやしすぎて泣きそうになる。

すると、ムウがわざとらしく大きく口を開け、唇《くちびる》を突《つ》きだしたりしながら
「槍《やり》、こん棒、斧……」とゆっくり言ってくれた。

それを見ているうちにようやくゲンもわかった‼

「わかったぁぁぁぁ‼」

「そっか、わかったか。じゃあ、『うどん』は？」

「〇だよ」

「よーし、わかったみたいだな」

やっとわかって気持ちがすっきりした。でも、すっきりしないのがルカ王女とオオキである。

「何よ何よ、わたしたちにも教えてよぉ‼」

「そうだよ。教えてくれよ」

「ん、だからね……」

時間もないので、ゲンは手っ取り早く説明した。

「『杖《つえ》』と言う時、口は閉《と》じないだろ？　だけど、『鎌《かま》』は『ま』の時に閉じる。口を閉じるのが〇で、閉じないのが×でいいんだよね？」

「あ、そっかそっか。だから、『槍《やり》』は×で、『斧《おの》』も×だけど、『こん棒』『ムチ』は○かー！」

ルカ王女が大喜びで言うと、ムウが肩《かた》をすくめた。

「まぁ、その逆《ぎゃく》かもしれないけどね。でも、常識《じょうしき》で考えれば『ある』ほうが『○』で、『ない』ほうが『×』だろう」

「じゃあ、パスワードは右の縦列《たてれつ》が『×○×』、左の縦列が『○○×』だな！」

「たぶんね」

というわけで、再《ふたた》びセイジが矢を射《い》ってモンスターを引きつけている間に、ムウとゲンでパスワードを入れに扉《とびら》のほうへ行ってみた。

結果は見事成功‼　扉が開いた。

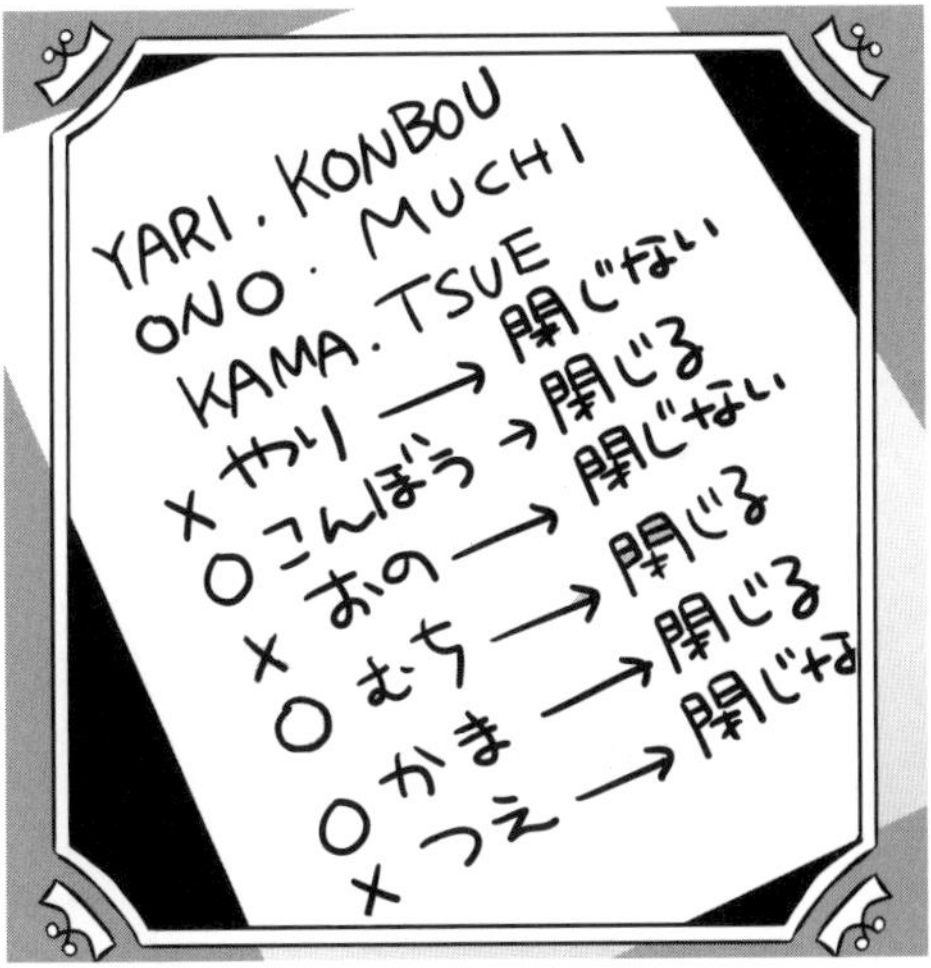

「オッケー！　セイジ、ゴーゴーゴー‼」

「セイジ、早くー‼」

「わかった‼」

モンスターが気づいて扉《とびら》のほうにやってくる。セイジはその横をかいくぐり、扉のなかに滑《すべ》りこんだ。

3

と、同時に閉《し》めたはいいけれど、もう後もどりできないことに気づいた。

予想通り、そこはボス部屋だったからだ。

神秘《しんぴ》的な青い霧《きり》のたちこめる広々とした空間に低い声が響《ひび》いた。

「ルカ王女よ、自らノコノコやってきたとはなんと愚《おろ》かなことか……。我《わ》が名はディラゴス。後悔《こうかい》という言葉を今、耐《た》えがたき苦痛《くつう》とともに味わうがよかろう」

全員一か所に固まり、手をつないだ。こうなったら団結《だんけつ》力で勝負するしかない。

それにしても、敵《てき》はいったいどこにいるんだろう……？

ゲンたちが周囲に注意しながらゆっくり進んでいると、いきなり青い霧のなかから白いビームが放《はな》たれた。

「うわっ!!」

なんとゲンに命中。そのまま後ろに吹《ふ》っ飛《と》んでしまった。

「ゲン!!」

ムウが叫《さけ》び、手をさしのべる。すると、ゲンの体が半透明《とうめい》の球に包まれた。

おかげで床《ゆか》にたたきつけられることなく、ふんわりと落下した。しかし、体に受けたダメージは大きい。

たった一発だというのに耐久度《たいきゅうど》は半分以下。次に同じだけのダメージを食らったら、行動不能状態《ふのうじょうたい》になるだろう。

「オ、オレが盾《たて》になる！」

一番体力のあるオオキが前に出た。

「じゃあ、オオキにシールドをかける」

ムウはオオキにシールドの魔法《まほう》をかけた。たちまちオオキの体が緑色に輝《かがや》いた。

これでしばらくの間、ものすごいアーマーを装備《そうび》しているのと同じくらいの防御力《ぼうぎょ》になる。

「みんなオレの後ろにいろよ！」

かっこいいじゃないか。

ゲンもヒールポーションで耐久度を回復《かいふく》し、オオキの後ろに隠《かく》れた。

ジリッジリッと進んでいく。

すると、今度はダダダダダッと音をたて白い光の弾《たま》がランダムに飛んできた。

「きゃぁぁあ‼」

「危《あぶ》ない！」

「姿勢《しせい》を低くして‼」

みんな床《ゆか》に這《は》いつくばる。オオキだけはみんなをかばって被弾《ひだん》した。

さすがシールド魔法の効果《こうか》は絶大《ぜつだい》で、光の弾を次々に跳《は》ね返《かえ》した。光の弾は部屋のあちこちにぶつかり、やがて光を失って消滅《しょうめつ》した。

「ディラゴス！　隠《かく》れてないで出てきたらどうなの⁉　卑怯《ひきょう》よ！」

こわいもの知らずのルカ王女が言うと、しばらくして青い霧《きり》の奥《おく》から現《あらわ》れた……その姿《すがた》にみんなびっくりして目が点になった。

さぞかし巨大《きょだい》なすごいモンスターが出てくるだろうと思ったのに、それはゲンたちより小さなピエロの人形のようだったのだ。

しかし、姿は小さいけれど、戦闘能力《せんとうのうりょく》の高さはとんでもなかった。

しかもいくつにも分裂《ぶんれつ》して浮遊する。あっちにいたかと思うと、今度はこっち。攻撃《こうげき》してみると、スカッと手応《てごた》えがない。つまり偽物《にせもの》ってわけなのだ。本物がどれかもわからない。

ゲンたちはどうやっても倒《たお》せる糸口を見つけられず、どんどん耐久度《たいきゅうど》だけが減《へ》っていった。

さすがのムウも全員の回復《かいふく》ばかりしていると、魔力《まりょく》が不足してしまう。そうなると、いざという時、ルカ王女の魔法《まほう》を強化したり、敵《てき》を弱体化したりする魔法が使えなくなる。

いったいどうしたらいいんだ⁉

ゲンたちのようすを見て、ディラゴスはゲラゲラと楽しそうに笑った。その声が部屋のあちこちから聞こえてくるのがどうにも腹立《はらだ》たしい。

「くそおぉ！　どうすればいいんだ！」

ゲンが腹立たしげに言うと、ムウがつぶやいた。

「敵《てき》本体だけならなんとかなる。わたしが弱体化し、ルカ王女の攻撃魔法を最大火力にまですればいい。しかし、偽物《にせもの》を攻撃してしまったらそれで終わりだ。わたしもルカ王女も余分《よぶん》な魔力《まりょく》がないからね」

「そうか……つまり、チャンスは一回だけってことか」

セイジが言うと、ムウはうなずいた。

「本物と偽物との見分けがつけばいいんだが……」

すると、今度はルカ王女がつぶやいた。

「やっぱりここも謎解《なぞと》きなんじゃない⁉」

「謎解き⁉」

「そうよ。さっきムウが言ってたでしょ？　重要な場面では必ず謎《なぞ》

解《と》きが必要って」

「影《かげ》……影は⁉　本物にだけ影があるとか」

ゲンが言い、分裂《ぶんれつ》して浮遊《ふゆう》するディラゴスたちを見た。

「だめだ！　全部影がある‼」

オオキがうめくように言う。

そうこうしている間もディラゴスたちの攻撃《こうげき》は止まらない。油断《ゆだん》していると、また吹《ふ》っ飛《と》ばされる。

あぁ、本物と偽物《にせもの》をどうやって見分ければいいんだ……？

ゲンが考えこんでいると、

「ルカ王女、気をつけて！！！」

セイジの叫《さけ》ぶ声がした。

ハッと顔を上げると、なんとルカ王女が前に出ていこうとしていたのだ。

そこにディラゴスたちの光の弾《たま》が……。

な、何してんだ⁉

オオキがすぐ盾《たて》になったので、ディラゴスたちの攻撃《こうげき》は彼女《かのじょ》に当たることはなかったが、危《あぶ》なかった。

「ルカ王女！　いったいなんで前に出たりしたんですか」

ゲンがいらいらした声で聞くと、彼女は肩《かた》をすくめた。

「だってあいつはわたしが狙《ねら》いなんでしょ？　だったら、わたしが前に出れば本物がすぐ反応《はんのう》すると思ったの。一番最初に動いたのが本物よ！」

なるほど。彼女は彼女なりの考えがあったから動いたんだ……。

ゲンはすごく感動してしまった。

ルカ王女はわがままなだけの王女

じゃなかったんだ。

でも、残念ながらやつらは全員同じように動き、彼女に総攻撃《そうこうげき》しようとした。

いやぁ、ほんとに危《あぶ》なかった。

「だいじょうぶか？　オオキ」

いくら頑丈《がんじょう》な体でシールド魔法《まほう》をかけているとしても、全攻撃を受けたんだ。

そうとうのダメージだろう。膝《ひざ》をつき、肩で息をついている。

「ご、ごめんなさい」

ルカ王女は泣きだしそうな顔であやまった。

「いや、いいんですよ。だいじょうぶ」

オオキはヒールポーションを何本も飲み、かろうじて元気を取りもどした。

しかし、彼《かれ》に残されたヒールポーションはもう一本もなかったのである。

★エンディング

1

「うひょー、どうするんだよ⁉」

元《げん》はうんうん言いながら悩《なや》んでいた。ディラゴスを倒《たお》す方法を思いつかないからだ。

たしかに、ムウが言う通り、どれが本物か見分けることができさえすれば倒せるんだろう。しかし、その方法がわからない。

どこかにヒントがないだろうか⁉

小林《こばやし》たちに聞いてみるという手もあったが、最後くらいは自力で解《と》いてみたい。

そうだ。もう一度ちゃんと敵《てき》を観察してみよう。どこかちがうところがあるはずだ！

それとも何か重要なことを忘《わす》れてるとか？

本当なら一刻《いっこく》も早くゲームを再開《さいかい》したいのだが、家で落ち着いてできるわけがない。

学校からもどった元《げん》はいつものように守口《もりぐち》の家へ行こうと思った。さっそく、携帯《けいたい》ゲーム機をリュックに入れ、出かけようとしていたのだが……。

そこに、現れたのがディラゴスならぬ春江《はるえ》だった。

「ちょっと！　元、あんたまた行くの、その子の家に」

最初からけんか腰《ごし》だ。

これでは話も何もできないではないか。元は急にムカムカしてきた。

何か言い返したら絶対《ぜったい》けんかになる。

そう思って、聞こえないふりをしようと思った。しかし、そんなのが通用する相手ではない。

「聞こえてんでしょ⁉　あんた、親を無視《むし》するっていうの⁉」

背中《せなか》のリュックを引《ひ》っ張《ぱ》られ、元はステーンと玄関《げんかん》で尻餅《しりもち》をついてしまった。

尾《び》てい骨《こつ》を打ったらしく、痛《いた》みが鼻の付け根までツーンと走る。

「何すんだよ‼」

完ぺきに血が頭に上《のぼ》った元が春江を見上げた。

「何よ、その目は。まったく、毎日毎日。その子のとこだって迷惑《めいわく》よ」

「ちがうよ。両親が遅《おそ》くまで仕事でいないから、ちょうどいいんだよ！　何も知らないくせに決めつけるのやめてくれよ」

「ちょうどいいってどういうことよ！　どうせそうやってゲームばっかりやってるんでしょ。だめよ！　きょうはお使いに行ってもらいたいんだから。商店街のクリーニング屋さん、あそこにパパのコート取りに行ってちょうだい。あした着るんだから！　ほら、貸《か》しなさい、それ！」
　春江《はるえ》は一方的にそう言うと、元《げん》のリュックを力ずくで引きはがそうとした。
　こういう時、人間というのはどうしてこう言っちゃいけないことを言ってしまうものなのか。

「やめろよ！　母《かあ》さん、あんた最低の最低だ！」

なんであんなことを言ったんだろう。元《げん》は自分の口から出た言葉を耳で聞いて、びっくりしていた。

たぶん、漫画《まんが》か何かで見た台詞《せりふ》だろうけれど、春江《はるえ》もびっくりして手を離《はな》した。

でも、こうなったら引き下がれない！

元はリュックをかつぎ直し、玄関《げんかん》からダッシュして外に出た。チャリに乗り、木《こ》枯《が》らしのなか、思いっきりペダルをこいだ。

「おう、いらっしゃい。きょうは大木《おおき》たち来られないって」

守口《もりぐち》が温かな笑顔で迎《むか》えてくれ、元《げん》は凍《こお》りついた心が一気に和《なご》むのを感じた。

「そっか。守口、終わった？」

すっかりなれてしまった元はさっさと靴《くつ》を脱《ぬ》ぎ、ずかずかとリビングに歩いていく。

「勇伝《ゆうでん》？　ああ、終わった終わった‼」

守口はパッと目を見開いて自慢《じまん》げに言った。

「まじかー⁉」

「元はまだか？」

「うん、今、ボス戦‼」

「ああー、あれなぁー‼」

守口は顔をしかめ、苦笑《にがわら》いした。

「だめだよ。ヒント言っちゃ。これからやるんだから」

あわてて元が言うと、守口は笑いながら手を振《ふ》った。

「わかってるわかってる。どうする？　またコーラでいいか？」

「さんきゅ‼」

元《げん》はさっそくソファーに座《すわ》り、ゲームを始めた。必ず何かちがいがあるはずだ。それを探《さが》すんだ‼

ディラゴスの攻撃《こうげき》は主に三つ。光の弾《たま》を投げつけてくるのとビーム光線、それから衝《しょう》撃波《げきは》。たまに、こっちの攻撃が本物にヒットすることもあって、その時は敵の体力ゲージが赤くなる。

そいつを見失わないようにすればいいんだろうが、敵《てき》はすぐ消えてしまう。だから、追いかけることはできない。

ああかな？　こうかな？　と、いろいろ試してみる。どこかにちがいがあるはずなんだが。

必死に見たけれど、どれが本物かどうしてもわからなかった。

「うーん……どこかにヒントがあったのかな。それとも……何か使うのかなぁ。アイテムとか……なんか忘《わす》れてる気もするんだけど」

と、その時、ビカビカッと頭のなかがスパークした。

あったあった‼　あれ、使ってないじゃないか‼

ばっか！　なんで忘れてたんだよぉっ‼

元《げん》は自分の頭をポカポカたたいた。


ムウは急にツカツカとゲンのほうに近づいてきた。

え？　な、なに⁇　どぎまぎしていると、彼女《かのじょ》はゲンの背中《せなか》を指さした。

「それ！　それを使ってみるとわかるかもしれない」

ゲンはムウの塔《とう》の地下で見つけたマジックシールドをかついでいた。このところずっとロングソードを両手持ちにして戦っていたのですっかり忘《わす》れていたのだ。

「こ、これか……！」

「そう、わたしもすっかり忘《わす》れていたが、マジックシールドが有効《ゆうこう》かもしれない！」

「そうだよ！　オレもなんで忘れてたんだろう。これ、教えてくれたトロルが魔法《まほう》を跳《は》ね返《かえ》したり、魔法で姿を変えていても見破《みやぶ》れるって言ってた」

セイジも顔を輝《かがや》かせた。

「あー、なんで思い出せなかったかな‼」

「いいよ。今からでも遅《おそ》くない。使ってみようぜ！」

オオキが言う。

「うん！　わかった！」

「じゃあ、それで見破《みやぶ》ることができたら、ルカ王女、わたしが敵《てき》を弱体化させるので、持ってる魔力《まりょく》全部使って攻撃《こうげき》してください」

ムウが指示《しじ》すると、ルカ王女は手を胸《むね》に置き、大きくうなずいた。

「任《まか》せて」

ゲンはかついでいたマジックシールドを左手でかまえ、ディラゴスに向かっていった。

隣《となり》にはオオキがいて盾《たて》になってくれている。

もう一方にはセイジがいて弓で援護射撃《えんごしゃげき》をしているし、ムウとルカ王女は後ろで待機。

よ――し、全員の力を結集させるんだ!!

「フォッフォッフォッフォッ!!　おまえらなど虫けらのような人間にわたしが倒《たお》せるとでも思ったか!　愚《おろ》かよのぉ。実におかしい」

分裂《ぶんれつ》したディラゴスたちがいっせいに笑いだす。

笑い声が共鳴して頭がガンガン痛《いた》くなる。それを必死に堪《た》えながらゲンとオオキとセイジは進んでいった。

「うわっ!!」

オオキの右腕《みぎうで》に光の弾《たま》が当たった!!

「だ、だいじょうぶか!?」

「平気だ。早く!　早く見破《みやぶ》ってくれ」

「わ、わかった」

ディラゴスたちがあちこちに浮遊《ふゆう》しているところまで来た時、ゲンはマジックシールドを両手で持ってかざした。

ディラゴスたちが一斉攻撃《いっせいこうげき》を始める!　しかし、その光の弾《たま》をマジックシールドがすべて跳《は》ね返《かえ》してしまった。

うわぁぁ……‼

ものすごい衝撃《しょうげき》である。必死に両手で支《ささ》え持っていたが、ヘタすると弾《はじ》き飛ばされてしまいそうだった。オオキも手伝ってくれ、ふたりでマジックシールドを支えた。

どれくらいそうしていただろう？

「み、見ろ‼」

セイジの叫《さけ》ぶ声が聞こえてきた。

マジックシールドの横から見る。

なんとなんと‼

たくさんいたディラゴスのうち、一体だけを除《のぞ》き他のすべてが色を失っているではないか。

「あいつだ！」

「ルカ王女‼」

ムウが冷静な声で言う。

「わ、わかったわ！」

ルカ王女の返事が聞こえたと同時にムウは杖《つえ》をかざした。杖の先の星に青白い光が満ち、たった一体だけ色のついたディラゴスへと光が降《ふ》り注《そそ》いだ。

彼《かれ》の体が震《ふる》え始める。

弱体化成功だ!!

と、同時に今度はルカ王女に赤い光を放《はな》った。

まっ赤な光に包まれたルカ王女は両手で銀のロッドを持ち、

「燃《も》えておしまい!!　これがとどめよ！！！」

と言い放った。

彼女《かのじょ》のロッドからは見たこともないような紅蓮《ぐれん》の炎《ほのお》が噴射《ふんしゃ》され、ディラゴスは見る間に火だるまになった。

「ぐわぁぁあああ!!　あぁぁ！！！　ぐあぁぁぇぇぁあーあぁ!!」

ものすごい断末魔《だんまつま》の悲鳴をあげ、ディラゴスがもがき苦しむ。

みるみるディラゴスの体力が減《へ》っていくのがわかった。しかし、さすがラスボス。体力も半端《はんぱ》なくある。

「続けて‼」

「はい‼」

ムウに言われ、ルカ王女は歯を食いしばり、ファイアーの魔法《まほう》を噴射《ふんしゃ》し続けた。

固唾《かたず》をのんで見守っていたゲンやオオキも武器《ぶき》を振《ふ》りかざし、ディラゴスに向かって突進《とっしん》した。怪我《けが》をしていたが、今はそんなこと言ってる場合じゃない。気合いでがんばるしかなかった。

セイジも三本の矢を引きしぼり、

連射《れんしゃ》し始める。

ドカ————ン！！！

大爆発《ばくはつ》が起こった後、キラキラと光が飛び散る。

全員の力を結集した後……ついにディラゴスは消滅《しょうめつ》したのだった。

それと同時に、すべての魔力《まりょく》を使い切ったムウとルカ王女は床《ゆか》に倒《たお》れた。

「ムウ！　ルカ王女‼」

駆《か》けよろうとするが、ゲンもオオキも負傷《ふしょう》していたため足がもつれる。

セイジがムウとルカ王女の元に駆《か》けよる姿《すがた》が見えた。

ふたりとも無事のようだった。

よかった……本当に……よかった……。

意識《いしき》が薄《うす》れていきそうになった時、オオキが「ゲン‼」と呼《よ》び、肩《かた》をゆすった。

「おい！　やったぜ‼　オレたち、ついにやったんだ」

「お、おう‼」

ゲンは気を取りもどし、大きくうなずいた。

「ゲン‼　オオキ‼」

セイジがふたりを呼ぶ。

「やったな‼」

「おう、やったやったぁー‼」

ムウとルカ王女も起き上がり、ゲンとオオキに手を振《ふ》っている。

五人は勝利を心からかみしめ、そしてお互《たが》いをたたえ合ったのだった。

2

ディラゴスを倒《たお》してみんながもどると、プー王はじめ大臣も兵士たちも全員が大喜びで迎《むか》えてくれた。

長い長い戦いのようだったが、まだ一日たっていなかったのである。

また一週間かけて国にもどる。

もちろん、国中の人たちも歓声《かんせい》をあげ、総出《そうで》で迎えてくれた。

「よかった！　ほんとによかった!!」と、ハルはゲンをぎゅうぎゅう抱《だ》きしめて離《はな》さなかった。

目がまっ赤になっていて、ゲンも涙《なみだ》がこみあげてきてしかたなかった。

オオキもセイジももらい泣きしている。ムウは彼《かれ》らの横でやさしくほほえんでいた。

きょうは国中あげてのお祭りだ！

たくさんのごちそうが並《なら》び、オオキは目を輝《かがや》かせていつまでも食べていた。

ゲンとセイジはその横で、あの時は危《あぶ》なかったなとか、あれはうまくいったなどと思い出話。特に、なぜマジックシールドのことを思い出せなかったのかが不思議だと言い合った。

「あんなに苦労して取ったアイテムなのになぁ」

「まぁ、しかし、ずいぶん前にゲットしたままだったし、オレ、ふつうに盾《たて》として使ってたからさ。忘《わす》れてもしかたないよ」

「だなぁ！」

ふたりがそんなふうに話していると、ムウが肩《かた》を小さくすくめた。

「あれは……わたしの落ち度だ」

「え？」

「い、いやいや、オレたちだって気づかなかったんだし、ムウだけの責任《せきにん》じゃないよ」

ゲンがあわてて言うと、彼女《かのじょ》は首を横に振《ふ》った。

「いや、あれはいざという時のために使えるよう、先祖《せんぞ》代々守ってきたものだというのに、なぜ思い出せなかったのか……」

その言葉にゲンはハッとムウを見た。

「そうだ！　それなんだけどさ。そんなに大切なものだったらオレ、やっぱり返すよ。そのほうがいいと思うんだ」

でも、ムウはきっぱりと言った。

「いや、実は……あの時は重荷になるだろうと思って言わなかったけど、あのマジックシールドには代々伝わってきた言葉が添えられているんだ」

「代々伝わってきた言葉!?」

「うん」

ムウは改めてゲンを見つめ、まじめな顔で言った。

「『このマジックシールドを役立てる時が来た時、それを使いし者に託《たく》すべし。その者こそ真の勇者である』とね」

ゲンは顔から火が出るかと思うくらいまっ赤になった。

『真の勇者』だなんて……。

いやいやいやいやいや、うっそだろ⁉

　でも、それを横で聞いていたセイジも大きくうなずいた。

「そうだな。オレもそう思う。ゲン、おまえはリーダーとしても立派《りっぱ》にやりとげた。なぜ一番初めの勇者として選ばれたのか、それがよくわかったよ」

　すると、大きな肉にかじりついていたオオキもごっくんと飲みこんでから言った。
「そうだぜ！　おまえだから喜んでついていったんだ」
　こんなにうれしいことはない。
　うれしいだけじゃなくて、同時に責任《せきにん》感みたいなものも大きくのしかかってくる。

『真の勇者』か……。

自分が今その器《うつわ》かどうかと言ったら、絶対《ぜったい》ちがう。

だけど、だけど、未来はわからないじゃないか！

『勇者』じゃなくたっていい。今回の冒険《ぼうけん》みたいに、みんなに感謝《かんしゃ》されるような戦士になりたい。

このマジックシールドに選ばれた者として、がんばらなくちゃな。

戦士になりたいとはっきり考えたことなどなかったのに、今は自然とそう思えている自分にゲンは驚《おどろ》いていた。

きっと今回の冒険で得た経験値《けいけんち》がそうさせたんだろう。

レベルっていうのは筋力《きんりょく》や技量《ぎりょう》の経験値だけじゃないんだな。

「おう、ゲン！　よくがんばったな‼」

だれかと思ったら、兵士長のガパルだった。彼《かれ》はうれしそうにそう言うと、ゲンの背中《せなか》をポンポンたたいた。

「どうだ。おまえさえその気なら、わが国の兵士見習いとして鍛《きた》えてやるが」

「そ、そうですか？　で、でも……どうしようかなぁ……」

ガパルの申し出はありがたかった。経験値《けいけんち》の少ないゲンに剣術《けんじゅつ》や棒術《ぼうじゅつ》を教えてくれるだろうし、兵士として雇《やと》ってもらえれば家計の足しにもなるだろうから、母の助けにもなる。

しかし、心から兵士になりたいと……今は思えなかった。

なぜだろう？　なぜなのかわからない。

ゲンが考えこんでしまったのを見て、ガパルは大きな声で笑った。

「よいよい。答えはすぐ出さな

くっても。大切なことだ。よーく考えなさい。もちろん、兵士にならなくたって、剣術でもなんでも教えてやるからな！　いつでも遊びに来い！　いや、遊びに来ちゃいかんな。修行《しゅぎょう》に来い来い！」

「は、はい！　すみません」

ぺこんと頭を下げた彼《かれ》にオオキが言った。

「なぁ、ゲン。おまえさえよければ、近いうちに冒険《ぼうけん》に出ないか？」

「え⁇」

びっくりして聞き返すと、オオキは照れくさそうに頭をかいた。

「いやぁ、今回の冒険だけで終わるのがさぁ……ちょっともったいないっていうか、もう少しやってみたいってかさぁ」

その言葉を聞いて、ゲンはようやくわかった。

そうなのだ。なぜ今は兵士になりたいと思えなかったのか……、その理由はこれだ。

もっといろいろ冒険してみたいんだ！　そして、いろんな土地に行って、いろんな人たちに会って、いろんな経験をしてみたいんだ。

「そうだな！　母《かあ》さんに悪いから、すぐっていうわけにはいかないかもしれないけど、行くよ。行こうぜ、冒険！」

「おう‼」

ふたりで盛《も》り上《あ》がっていると、セイジが首をつっこんできた。

「おいおい、水くさいぞ。オレも誘《さそ》ってくれよ‼」

「うっそ。いいのか⁇」

ゲンが聞く横でオオキがガッツポーズをした。

「やったぜ‼　セイジが来てくれたら、最高だ‼」

3

というわけで、再《ふたた》び平和を取りもどしたドミリア国《こく》……。

ルカ王女は魔法使《まほうつか》いとしての修行《しゅぎょう》がしたいとダダをこねて、プー王を困《こま》らせた。

「わかったわ。その代わりムウを宮廷《きゅうてい》魔法使いにして。彼女《かのじょ》からいろいろ教えてもらうんだもん！」

と言いだした。

しかし、ムウはそれを丁重に断《ことわ》った。ルカ王女やプー王がいくら説得してもダメだった。

やりかけた魔法《まほう》の研究があるので自分の塔《とう》にもどるのだと言い、断固《だんこ》として断った。

そうか……あの謎《なぞ》だらけの塔にもどるのか。

ゲンはさびしい気分になった。もしかしたら、彼女《かのじょ》もゲンたちといっしょに冒険《ぼうけん》してくれるかもしれないとちょっぴり期待していたからだ。

祭りは三日三晩《ばん》続いた。

いよいよオオキ、セイジ、ムウがそれぞれの家にもどるという日の朝。

彼《かれ》らを見送るため、途中《とちゅう》までついていったゲン。いよいよここで別れるという時、オオキとセイジに言った。

「おれ、母《かあ》さんを説得できたら、おまえたちを迎《むか》えに行く。また冒険しようぜ！」

「おう、わかった。待ってるぞ」

と、オオキ。隣《となり》でセイジもうなずいた。

「うん、それまでにいろいろ準備《じゅんび》しておくよ」

ゲンは最後にムウのほうを向いて頭を下げた。

「ありがとう。ムウがいなかったら、今回絶対《ぜったい》うまくいってなかったと思う」

すると、ムウは笑いながら首を横に振《ふ》った。

「まさか！　もしそうだとしても、それはゲンの人格《じんかく》がそうさせたんだ。あんたの役に立ちたいと思ったからね。あと、今の魔法《まほう》の研究が終わったらすぐ試してみたいんだ。もしよければ、わたしもいっしょに冒険《ぼうけん》させてくれないか？」

この申し出には、ゲンもオオキもセイジもびっくりしすぎてしばらくものも言えなかった。

「ほ、本当か!?」

ようやく声に出して聞いたゲンに、ムウは最高の笑顔でうなずいた。

「ひゃっほー!!」

「やったぜぇー!!」

「いえぇーい‼」

三人が喜んで飛びはねていると、街道を立派《りっぱ》な白い馬車がすごい勢《いきお》いでやってきた。

馬車は彼《かれ》らの前で急停止すると、盛大《せいだい》に巻《ま》きおこった土ぼこりのなか、扉《とびら》が開いた。

現《あらわ》れたのはいかにも魔法使《まほうつか》いっぽい白いローブを羽織《はお》ったルカ王女だった。

「わたしも行くわよ！」

勝ち気な彼女《かのじょ》は片方《かたほう》の眉《まゆ》をくいっと上げ、決意まんまんの顔で胸《むね》を張《は》った。

「い、いやぁ……で、でも、王女様が冒険《ぼうけん》だなんて王様が許《ゆる》さなかったんじゃ？」

ゲンがおそるおそる聞くと、彼女は（文句《もんく》あるの？）というふうに彼を見た。

「王女や王子が冒険に出たという記録《きろく》はけっこうあるのよ」

「いやいや、王子が出たという話は聞くけれど、王女が出たという話はあまりないですよ」

セイジがボソッと言う。

今度はルカ王女、セイジのほうを見た。

「ふん、王子がよくて王女が悪いっておかしいでしょ？　そんなの変よ！　前例がないならわたしが作るまで。いいでしょ？　冒険《ぼうけん》に出るまでムウのところに置いてくれない？　魔法《まほう》の研究ならわたしも興味《きょうみ》があるもん。手伝うから！」

両手をきっちり合わせ、頼《たの》みこんだルカ王女にムウは小さくため息をついた。

「わかりました。わたしも王子がよくて王女が悪いというのは変だと思いましたし。魔法の研究手伝っていただけるのはありがたい。いろいろ厳《きび》しいことを言うかもしれませんが、だいじょうぶですか？」

「もちろんよ‼　なんでも言いつけて。魔法薬の調合でもなんでもするから！」

「わかりました。では、まずは食事の用意や掃除《そうじ》をお願いします」

「え？　そ、そうなの……？」

あきらかにがっかりした顔のルカ王女に、ムウはさらりと答えた。

「もちろんです。冒険に出ればみんな自分のことは自分でやるんです。立派《りっぱ》な修行《しゅぎょう》ですよ」

そうだよな。王女様気分で冒険《ぼうけん》に参加されても困《こま》る。

ルカ王女は素直《すなお》にこくんとうなずいた。

「わかったわ。料理でもなんでもがんばっちゃう。話が決まったら早く出かけましょ。ほらほら、みんな馬車で送ってくから乗って乗って！」

立派《りっぱ》な白い馬車にゲン以外の全員が乗りこむことになった。

「じゃあなぁ！」

「またすぐに会おうぜ」

「ゲン、早く来てよー‼」

オオキ、セイジ、ルカ王女が手

を振《ふ》る横で、ムウは静かにほほえんでいた。

四人と別れたゲン。急にひとりだけ取り残されたような気分になってしまった。

オレもすぐ冒険《ぼうけん》に出たいけど……母《かあ》さんをまた残していくのはなぁ……。なんて言えばいいのか。

とぼとぼとひとりで家にもどると、とても信じられない光景が待っていた。

母のハルがゲンの旅じたくをしていたのである。

「母さん……」

「ゲン、あんたもいっしょに冒険へ出たいんでしょ？　わかってるわよ」

「…………」

「かわいい子には旅をさせろって昔から言うじゃない？　母さん、ゲンにはもっと大きなことをする人になってほしいの。あんたには絶対《ぜったい》その才能《さいのう》があると思うから」

「でも、母《かあ》さん、ひとりになってだいじょうぶなの？」

「なぁに生意気なこと言ってるの。母さん、まだ若《わか》いんだもん、だいじょうぶだいじょうぶ‼　ゲンの世話しなくてすむならもっと働けるしね」

強がりを言っているんだ。

ゲンにもそれはわかった。泣き虫のハルの目がまたまっ赤になっていたから。

でも、息子のためを考え、快《こころよ》く送りだそうとしてくれている。

「母さん、ありがとう」

ゲンは心から言うことができた。


そして、ハルが用意してくれたリュックを背負《せお》い、すっかり充実《じゅうじつ》した装備《そうび》で身をかためたゲンの出発する日がやってきた。

ハルはまた泣きそうだから見送らないと言った。

ゲンの後ろを妖精のポポルがふわふわとついてくる。

仲間とはぐれたスライムがピョコピョコやってきたが、ゲンの姿《すがた》を見てそそ

くさと逃《に》げだした。

あんなに苦戦したスライムたちが今や反対に逃げだすんだ！　くすくす笑いだすと、ポポルが感心したように言った。

「ゲンも強くなったもんね！」

雲ひとつなく広がる青空の下で輝《かがや》く草原。

彼《かれ》の前にはまっすぐ街道が続いている。その先にはオオキ、セイジ、ルカ王女、そしてムウが待っているはず。

ゲンは自然と早足になり、しまいには駆《か》けだしていったのだった。

4

「やったぜ!!」

元《げん》は感動のエンディングを見ながら大満足でため息をついた。

ディラゴスを倒《たお》した後、エンディング画面になったのだが、その後のゲンたちのようすがアニメーションとして描《えが》かれていた。

ゲンたちはまたいっしょに冒険《ぼうけん》するんだというのがわかって、元はうれしくてしかたなかった。ようし！　こりゃ絶対《ぜったい》に続編《ぞくへん》出るな。

へへへ、よかったよかった。

すごく楽しめた。

「お、終わったか⁉」

洗濯《せんたく》カゴを抱《かか》えた守口《もりぐち》がやってきて、元が見ているエンディング画面をのぞきこんだ。

「おう！　ありがとうなー。おまえんちでやらせてもらえなかったら、絶対終わってなかった」

「いや、こっちも楽しかった。ゲーム、他にもあるし。また遊びに来いよ」

「うん、もちろん‼　いやぁ、ほんとにうらやましいよな、守口《もりぐち》んち」

「なんで？」

守口はダイニングテーブルの上にある新聞や食器を横にどかし、洗濯カゴをドンと置いた。

「だってさぁ、何やるにも自由だろ？　うちなんかほんとまいる。人の顔見たら宿題はどうしたとか、手伝いしろとか、まずけんか腰《ごし》だからな」

「オレだって宿題はしなきゃならないし、元《げん》より手伝いさせられてるぜ？」

「ま、そうだろうけどさ。自分のペースでいいじゃん。オレも別にやらないわけじゃないのに、やろうと思った時にかぎって、先に先に言われるから頭くるんだ」

「そういうもんかね。オレは……逆《ぎゃく》に言われてみたいよ」

「…………⁇」

守口の言い方が少しさびしそうだったので、元はドキンとした。

彼《かれ》はハッと顔を上げ、照《て》れ隠《かく》しに笑った。

「いやさ、きのうオレ、誕生日《たんじょう》だったんだよなぁ」

「ほ、ほんとに⁉」

「うん。でも、親、どっちも覚えてなくてさぁ。さすがにショックだったな」

「…………」

元《げん》は絶句《ぜっく》してしまった。なんて声をかけていいかわからない。

「ごめんごめん。別になれてるからどーってことないけどな。元の母《かあ》さん、うるさいかもしれないけど、誕生日忘《わす》れるとか絶対《ぜったい》ないだろ？」

「そ、そうだな……」

と元が言った時、守口《もりぐち》のケータイが鳴った。

「はい。あぁ、母さん。うん、うん……あ、そう。わかったわかった。うん、だいじょうぶだって」

短い会話の後、ケータイを切ると、彼《かれ》は照《て》れたように笑ってみせた。

「『誕生日おめでとう。プレゼントは買ってあるんだ』だってさ」

「そっか！　覚えててくれたんだな」

「うん！」

守口《もりぐち》は心からうれしそうにうなずいた。

「じゃ、オレ、きょうは帰るよ」

元《げん》はあわててそう言うと、急いで帰ることにした。

春江《はるえ》に言った「やめろよ！　母《かあ》さん、あんた最低の最低だ！」という言葉を急に思い出したからだ。

あぁ、なんであんなこと言ってしまったんだか。

母さん、すごくびっくりしてたな。それに悲しそうだった……。

すまない気持ちでいっぱいになる。

守口が言ってた。

「元《げん》の母《かあ》さん、うるさいかもしれないけど、誕生日《たんじょう》忘《わす》れるとか絶対《ぜったい》ないだろ？」

ないどころじゃない。

誕生日プレゼントは何がいいのかとか、なんだかんだと一か月も二か月も前からうるさい。当日はもちろんケーキとごちそうで祝ってくれる。


守口《もりぐち》のマンションを出た時、ものすごい音で救急車やパトカーが走っているのが聞こえてきた。

ギンギン商店街のほうらしい。

なんだろう？　事故《じこ》かな??

急に胸騒《むなさわ》ぎがした。

そういえば、さっき母さん、商店街のクリーニング屋に父《とう》さんのコートを取りに行ってくれって頼《たの》んでたっけ。まさか……!?

「事故だって！」

「トラックが突《つ》っこんだらしいぞ」

「どこに？　角《かど》のタバコ屋か？」

野次馬たちの話が耳に入ってくる。角のタバコ屋というと……クリーニング屋の隣《となり》じゃないか⁉

ドキンドキンドキン。

心臓《しんぞう》が激《はげ》しく打ち始めた。

人だかりのなかを足早に歩いていく。

「元《げん》⁉」

急に呼《よ》びとめられて見ると、そこには夢羽《むう》が驚《おどろ》いた顔で立っていた。

「あ、茜崎《あかねざき》……」

「大きなトラックが角のタバコ屋さんに突っこんだらしい。怪我人《けがにん》がたくさん出てるって」

「…………」

「元、だいじょうぶか？　顔色がまっ青《さお》だ」

夢羽に言われ、元は人だかりのしているほうを見た。

「オ、オレ、ちょっと見てくる！」

まさかだろ?? まさかだろ!?

事故現場《じこげんば》に行くと、トラックがタバコ屋に突《つ》っこんでいた。歩道には自転車が何台も横倒《よこだお》しになっていた。

救急車とパトカーが何台も停《と》まっていて、救急隊員が怪我人《けがにん》を担架《たんか》に乗せて運んでいるのが見えた。

夕方の買い物客でにぎわう時刻《じこく》だから見物している人も多い。

タバコ屋の隣《となり》はやっぱりクリーニング屋だった。

「元《げん》、どうしたんだ？」

かけつけた夢羽《むう》が聞く。

「そ、それが……もしかしたら、母《かあ》さん、この近くに来てるかもしれなくって」

「そうなのか。それは心配だな。じゃあ、電話したほうがいいんじゃないか？」

「そ、そうだな」

しかし、ふたりともケータイを持っていない。一番近くの公衆電話《こうしゅう》というと、この夕バコ屋なのだが、今は使えるはずもない。

　他にどこかあっただろうかと考えていた時、「元《げん》!!　元!!」と彼《かれ》を呼ぶ声がした。

　元と夢羽《むう》が振《ふ》り返《かえ》ると、野次馬をかきわけるようにして春江《はるえ》が走ってくる姿《すがた》が見えた。

「母《かあ》さん……」

「元!!　もうう!!」

　春江は目も鼻もまっ赤になっていた。

　彼女《かのじょ》も元と同じように心配していたんだろう。

「よかった。あんた、出てったままだし。守口《もりぐち》くんて子の家、ギンギン商店街の近くだって聞いてたから。事故《じこ》にまきこまれたんじゃないかと思って。あぁ、よかった……」

春江《はるえ》は元《げん》をギュウギュウと抱《だ》きしめた。

胸《むね》がいっぱいになって元も涙《なみだ》が出そうになった。

でも、夢羽《むう》の手前そんなかっこ悪いことはできない。ぐずっと音をたて鼻をすする。

母《かあ》さん、さっきはごめん……。

元は心のなかでつぶやいていた。

本当は声に出して言ったほうがいいんだろうけど、なかなか言えない。

夢羽がすごくやさしい笑顔で元を見ているのが見えた。

あれ、これとよく似《に》たシーンが『勇伝《ゆうでん》』でもあったような。

うんうん、そうだな……。

『勇伝』のゲンだって、あんなにがんばってたじゃないか。オレだって負けてらんないぞ。

元はありったけの勇気を振《ふ》りしぼって春江に言った。

「母さん、さっきはごめん……」

しかし、なんということだ！

タイミングが悪く、ちょうどその時、救急車がサイレンを盛大《せいだい》に鳴らして出発した。

「え？　なに⁇　なんか言った？」

春江《はるえ》に聞かれ、元《げん》は思わず空をあおぎ見た。

雲ひとつない冬の夕焼け空。烏《からす》たちも事故《じこ》見物に来たんだろう。元たちの頭上を鳴きながら旋回《せんかい》していたのだった。

おわり

IQ《アイキュー》探偵《たんてい》ムー

キャラクターファイル

IQ《アイキュー》探偵《たんてい》ムー

キャラクターファイル

#29

名前《なまえ》………守《もり》口《ぐち》秀《ひで》生《お》

年《とし》…………10歳《さい》

学年《がくねん》………5年生《ねんせい》

学校《がっこう》………銀杏ヶ丘第一小学校《いちょうがおかだいいちしょうがっこう》

家族構成《かぞくこうせい》…父《ちち》／正秀《まさひで》　母《はは》／生子《いくこ》(看護師《かんごし》)

外見《がいけん》………ひょろっとした体形《たいけい》。眉《まゆ》がへの字《じ》で、困《こま》った時《とき》はもっと下《さ》がる。

性格《せいかく》………親《おや》が共働《ともばたら》きのため、料理《りょうり》や洗濯《せんたく》をこなしてる。
おだやかな性格《せいかく》。

あとがき

こんにちは！　初めましての方、初めまして！

作者の深沢美潮《ふかざわみしお》です。

『ＩＱ探偵《たんてい》ムー　勇者伝説《ゆうしゃでんせつ》～冒険《ぼうけん》のはじまり』を読んでくださってありがとうございます。いかがでしたか⁇

わたし、実は作家デビューをしたのは『フォーチュン・クエスト』という冒険小説だったんです。二十五年以上前に書き始めたそのお話をいまだに続けているんです。

気が遠くなる……というより、何が何だかって感じでしょうね。

小説を書くキッカケは、ゲーム好きだったことです。ドラクエとかね、大好きで。夢《ゆめ》のなかにまで出てくるしまつでした。

でも、ゲームは高いので、そうそう買うことができません。すると、ゲームを紹介《しょうかい》する雑誌《ざっし》で原稿《げんこう》を書いてみないかと誘われました。

もちろん、「はいはいはーい！」とＯＫして、さっそく書き始めたんですね。その時の出版社《しゅっぱんしゃ》さんでデビューすることができました。

内容《ないよう》も夢《ゆめ》に出てきた冒険者《ぼうけんしゃ》たちのお話がベースとなっています。ドラクエと一緒《いっしょ》で、剣《けん》や魔法《まほう》が出てくるお話です。ポプラ社からも出ていますし、ぜひ読んでみてください。

ムーを書いてきて、いつか同じような冒険小説も書いてみたいと思っていました。

つまり、念願が叶《かな》ったというわけ。

ムーをいつも読んでくださっている方ならピンとくると思いますが、いつものスタイルです。この『勇伝《ゆうでん》』に登場するゲン、ムウ、ルカ、セイジ、オオキは、いつもの元《げん》、夢羽《むう》、瑠香《るか》、聖二《せいじ》、大木《おおき》にそっくりそのままですが、まったく同じではありません。

つまり、彼《かれ》らがゲームの世界に行ったのではないんですね。

現実《げんじつ》の世界での彼らのお話も楽しめる、二重構造《こうぞう》となっております。

これまでも江戸《えど》時代のお話や古代エジプトの頃《ころ》のお話なんていうのもありました。

時々こういうスタイルで書いてみたいなぁと思ってるんですが、みなさんはどんな時代のどんな世界に彼らを登場させたいですか？

もう一度江戸時代編を見てみたい！　というような意見でもいいので、ぜひお寄《よ》せくださいね。

大いに参考にし、励《はげ》みにします。

ところで、みなさんはゲーム好きですか？　わたしはこんな大人になってしまったというのに、いまだに好きです。たぶん、一生好きなんだろうなぁと思います。

仕事が忙《いそが》しいとなかなかできないんですが、それでもできるだけ遊ぶ時間は作りたいと思っています。

最近、やってるのは『ダークソウル』っていうファンタジー系《けい》のＲＰＧアクションゲームです。かなりむずかしくって、何度も何度も死にながらだんだん成長していくというゲームなんですね。

最初のうちは本当にちょっとした敵《てき》にもやられて、これは絶対《ぜったい》に終わらないだろうなぁと思ったものです。

でも、こういうゲームのいいところは、だんだんとゲーム内のキャラクター（自分の分身）も成長していくと同時に、自分も成長していけるというところです。

だんだん慣《な》れていくうちに、何度もやられていたところも難《なん》なく突破《とっぱ》できるようになるんですから。そこがうれしくってやってるのかも。

最初のドキドキ感も半端《はんぱ》ないですしね！

他はいろんなボードゲームを友達とやっていますね。

月に一度集まって、おいしいご飯を食べて、ゲームをする会なんですが、とっても楽しいです。ひとりでコツコツやるゲームもいいけど、やっぱり友達といっしょにわいわいできるのはさらに楽しいですね。

今、ボードゲームはドイツを中心に世界中で人気なんですよ。年に一度、ボードゲームの大きな見本市がドイツであるので、行ってみたいなぁと思っています。

というわけで、今回のムーはちょっと変わったムーでした。感想、お待ちしてますよ!!　よろしくお願いします。

次のムーもお楽しみに!!　久《ひさ》しぶりのあの人がもどってきます。かなり正統《せいとう》的な謎解《なぞと》きミステリーになりそうですよ。

深沢美潮《ふかざわみしお》

IQ探偵シリーズ㉟
IQ探偵ムー　勇者伝説～冒険のはじまり

2018年4月　初版発行

著者　深沢美潮

発行人　長谷川 均

発行所　株式会社ポプラ社
〒160-8565 東京都新宿区大京町22-1
［編集］TEL:03-3357-2216
［営業］TEL:03-3357-2212
URL www.poplar.co.jp
［振替］00140-3-149271

画　山田Ｊ太
装丁　梅田海緒
DTP　株式会社東海創芸
印刷　瞬報社写真印刷株式会社
製本　株式会社ブックアート

ISBN978-4-591-15779-4 N.D.C.913 262p 18cm
Printed in Japan

本書は、2015年４月に刊行されたポプラカラフル文庫を改稿したものです。